皮克的情書

刻劃人們真實生活的細節，詼諧而諷刺地訴說著人生

彭家煌 —— 著

我受了這種犧牲，受了社會的這種待遇
而你卻只是深深的躲藏在舊勢力之陰影裡
沒有絲毫的勇氣來和我握手……

以含蓄嘲諷的文字和細膩的筆法，
描繪出時代背景下最真實的「小人物」

目錄

目錄

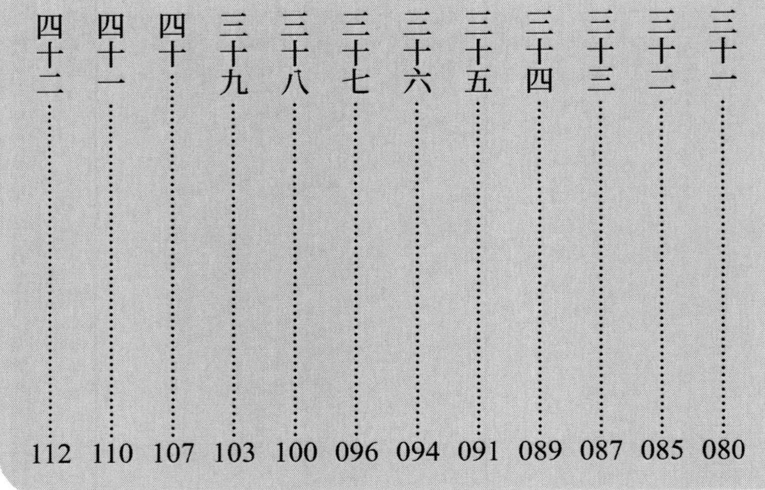

目錄

皮克的情書

皮克的情書

一

涵瑜：

我們同在一個學校裡，天天微笑的相見，天天不斷的在書本上互相研磨，一月一月的過去，一年又快到了。無限的衷曲漸漸在彼此的眉目間流露出來，這恐怕你也不能飾詞辯解吧。但是，我們只是緘默，只是把滿腔的情緒閉在肚子裡煎熬，這是多麼苦痛的事呀。這幾天我已處在無法煎熬的境地了。我似乎是得了神經病，一切失了常態。我為著自己，也許是為著你，不能不把我倆中間的祕密揭開，將兩性間的森嚴的壁壘打破，把胸中的鬱悶盡量的發洩出來。我本想和你面談，但心裡存著「戀愛」的念頭竟羞澀的說不出口，因此就用筆來陳述。這封信出發的動機是這樣的，冒昧雖是冒昧，但是你有拒絕和我筆談之權。我想這樣一次的通訊，總不能就認為我是大逆不道吧。我在神智昏迷中顫慄的寫著，明知道這信發出後是凶多吉少，明知道因著我這次的失檢，你會給我一個重大的難堪，將我數月來的經營毀滅，不，不會毀滅，我自己相信我已下了千萬個決心要寫這封信，一切的顧慮，實在沒有力量阻止我這支筆。涵瑜呀，真的沒有什麼東西能夠阻止我這支筆。我忍心的寫了這些話，我手中已預備著明天和你見面時遮臉的大蒲扇了。我還怕什麼，祝你平安！

皮克

二

涵瑜：

我的靈魂好像被綢絲縛著，掛在天空，被狂風震撼，岌岌然要掉到茫茫的大海中去一般。綠衣使者的救星呵！你只將快樂與安慰一包一包的從我旁邊遞給那些不相干的安閒的人，全不理會我。難道我昨兒的信沒有遞到她的手中嗎？難道這是犯了罪嗎？所謂師生，這是何等莊嚴的名分！？這上面還能再加上一層別的關係嗎？愛的嫩芽之上已鋪著一層堅冰了，沒有滋長之望了，枯萎就在眼前。我的魂魄給失望的恐懼驚散了。心靈給羞慚包裹了。我只是放開兩眼眶的淚水滌去我的羞慚。通宵仰看著漆黑的穹空懺悔當天的失檢。但是這些思潮已成了幻夢，從你那珍貴的回音盼到之後，這些思潮已完全離了我的心境。我的一切，已完全恢復了常態啦，這是我應當如何感激你的呀，涵瑜！

我的寒微的家世，在平日閒談中我已向你流露過的。你不是時常替我嘆息嗎，你現在又殷勤的勉慰我，我的枯焦的生命就同得著春風甘露一樣，自然的將來會生出鮮花供你的欣賞！我在潦倒窮愁的生活中，本來沒有妄想過需求一個女性的安慰，也不曾和女人通過一封信。我從前見著女人就得紅臉的，可是現在啊，「紅臉」在我竟算不了什麼，現在寫信，那心的震跳，手的顫慄，也都算不了什麼。我不顧一切的要跳入愛情的網裡才愉快呀！涵瑜，我真的喜得要流淚了！

戰爭發生了，炮聲隆隆，看是誰成了誰的俘虜，我們明天看《晨報》的號外吧！再談，祝你快樂！

皮克

三

涵瑜：

天天見面的我們，不知如何交談的機會反而比從前更少。就是偶一交談，也不比從前那樣的自由，放肆，真是好笑極了。在我們和平常一樣的交談時，旁邊的人似乎都在偵探我們，周先生的笑語似乎是譏嘲我們。姜女士在我們中間走過時，向你瞧瞧又向我看看。我真的很害怕，怕她已經知道我們的祕密。這或許是我的心理作用吧。今日上午，我一連寫了兩封信，想乘著沒人在旁時面交給你，但是終於沒有機會。我只好煩郵差送給你吧。我想這種無聊的信，每星期寫兩三封就夠了，多寫是要耽誤你的讀書時間，消耗你的珍貴的精神的。但是這恐怕是一句口奉心違的話。我一接到了你的信，便失了我的堅決的主張了。本來我倆相隔咫尺，遙若天涯，眾口悠悠，限制我們沒有互談衷曲的機會，我們不憑這枯筆寸紙來一表私忱，又有什麼辦法呢？已經九點鐘了，想你已甜蜜的安睡了吧。

皮克

四

CentrePark，風景佳絕！假山之陽，花圃之北，更是池水漣漣，荷花香豔；惜那水榭當中，少著情人兒一對！明兒是星期，我真喜幸！你隨便梳妝，莫誤良辰；最好是背著人兒行，哪管你肯不肯，到了鐘敲七點，我準在那裡耐著性兒等！

涵瑜：

昨夜成邀遊公園的新詩兩首，這也是汗牛充棟的青年文藝中頂爛調的；撇詩論事，這也是青年們最流行的把戲。我們不是青年嗎，雖則是師徒。詩禮之家的道德君子在超乎師徒關係萬倍的中間，還背著人做他們的《紅樓夢》咧！涵瑜，管他有沒有人瞧見，盼你明天清晨堂哉皇哉來這裡一趟。只要咱們自己夠受，管他媽的禮教！你的信前晚七時收到。房裡有人，我將它貼胸的藏著，全身感著爽快。人家走了，我捨不得拿出來瞧，因為瞧完了，便要再等幾十個鐘頭才有瞧的，不是太難熬了嗎？而且隨便的瞧了，似乎對不住你，因此我洗好了手，擦了臉，漱了口，脫了衣服，放下帳子，在被裡安閒地仔細地玩味你寄來的那全副的珍珠。我一直睡到天亮，依然是微笑著。

來吧！來吧！來吧！妹妹！這封信有代表我的全權，明兒迎你到公園。

你的皮克

五

涵瑜：

你聽見大砲響嗎？恐怕你在回味著昨天初見握手時全身如著火般的況味，覺著自己也上了戰場，聽不到別的大砲聲呢！

你的信今早收到了。你要我下次相會不必吃西餐，多花錢，涵瑜，你的盛意可感！我一個月的薪水本來不夠吃幾頓西餐的，也不曾吃過西餐。這是破題兒第一遭，下次決以清茶相待，勿念。

努力求學，自是青年的快事，也是我念念不忘的。不過我每天教了兩點鐘代數，還要擔任許多校務，晚上連休息時間都覺不夠，實在沒有餘力用功；況且這晌時局不靜，人心惶惶，也無意求學。這是暫時的，你以為我是服服貼貼安於現狀嗎？我時時苦惱著這事呢！緩一下子我要到教堂裡的高級班學英文。下半年決計擺脫一點教務，到北京大學英文系去旁聽。

你呢，你也得勸勸你自己，從前還按期交代數演草，這幾天連課都不上了。我知道，這是我的罪過。我從此不敢和你通信了，免得分你的心。

胡先生說：上次月考你的幾何試卷只有三十分。我聽了替你擔憂。明年上期就要畢業，為著無限的前途，實在不容是這樣因循下去啊！我並不著急你的分數，我單怕你從此不努力了。我並不重視虛榮與階級，我自己就沒在大學畢過業，也不想定要在大學畢一回業，只覺著實際上要超越一切虛榮與崇高的階級才好啊！

你的身體還發熱不？很念！

你的皮克

六

涵瑜：

昨天下午，我同族弟到公園長美軒中小餐。我們覺著無聊，族弟很想見見你，因此我就打電話邀你。誰料接電話的是密司王，她故意和我麻煩，弄得我進退狼狽，我就連忙改變自己的聲調，免得給她識破，可是我那慌張的神情喲，若是有誰瞧見，必會駭然的。

你僅僅和我說了一句：「你是誰？」便絕了線。我知道你不常接電話的，何況你旁邊還有會開玩笑的朋友，而且打電話的是一位不能當眾宣布的我呢！我在失望之中，覺著這世界無限的荒涼，這公園不過是我古木蒼然的墳墓！上星期日的晚上是我的值班期。教職員就只我一人留校，同學們出遊的出遊，回家的回家，你竟不回家，和一位朋友倚著我房子對面的教室的欄杆將幽雅的簫聲一陣一陣送到我耳邊。這簫聲在訴你的無限的心事；這簫聲遞給我不少的慰語。我倆雖如隔著蓬山幾萬層，但我內心的沉悶，已給音樂遣散了。謝謝你，涵瑜！

有餘的休息時間，都消磨在寫情書裡面，不筆談吧，這顆心兒也是自鳴鐘一樣，一刻兒也不曾停擺，終日縈紆著你，考慮著將來的一切。這樣本是太自苦了，但要這樣才舒適，要這樣才快樂。快樂雖是快樂，然而我的軀殼的確是害著病了，和你一樣昏昏沉沉，如在夢中！

我記得英文裡有這麼一句話：There is life, there is hope。涵瑜，別再自苦了，你暫時丟掉你心中的我。我丟掉我心中的你。我們不仍然是從前的我們嗎？趕快健康各自的身體，努力各自的前程。戀愛不是我們的職業，我倆在互愛著時哪能放棄其他重要的一切！

皮克

七

親愛的涵瑜：

好幾天沒接著你的信，查看點名簿，只見你的名字下面一直行的圓圈，我斷定你是病了，心中好不難受！我疑心那圓圈是我眼眶裡溢出來的。

午飯後竟欣然的接到你一封信，拆開一看，筆跡潦草，沒稱呼，沒署名，「親愛的」三個字什麼地方也找不著。你以為我因此會生氣嗎？我更喜歡，我更感謝你！前次信中「我丟掉我的心中的你」是相對的是暫時的，是積極的相鼓勵著，是真正在培養我們的愛苗。誰料你竟誤會了呀！你說：「你拋了我是應該的。你心中有無數比我好十倍的人兒將你的胸腔占住。自然，在同時同面積裡哪有我的容量啊！你乾脆的和密司李甜蜜的談著吧。不必敷衍我了。」唉！真是冤哉枉也！我有口難辯，我只好對天空發聲長嘆！

你想，全校都是女生，哪能不理會她們呢？為著要保守我們的祕密，尤其要表面

和你疏遠，和她們接近。這是我一點苦心。不料這點丹忱竟招了怪啊！妒忌是美德，妒忌是愛的表現，近人有句詩：「有病方知妒婦賢。」這話我很相信。你惠我這樣的饋贈，我真心感，不過，涵瑜，因為著我前次的信竟致你臥病幾天，畢竟是我的罪過。畢竟是使我不能不泫然流淚的！

我倆原冀在生活枯燥的旅途中尋覓甘泉，這甘泉竟如毒質般在戕害我們，這是意想不到的事。短嘆長吁，繼以憤怒，這是為的什麼？我看這是束絲自縛，推著悲哀的石塊，壓在自己的身上。眼見得一切會斷送在這中間啊！明天又是星期日。我陪你到法國醫院去看看病吧。如果大家身體爽快，就到遊藝園去散散心好嗎？別再提前次的信。我在這信裡送你千萬個「對不住」。

皮克

八

涵瑜：

星期日我們在遊藝園看見密司何，你不知如何那樣害怕。就是她看見我們，我們並沒有手牽著手，肩靠著肩，兩人中間還隔著十幾步，怕什麼。況且遊藝園裡並沒有法律的規定，准了你去遊就不准我去遊的。而且即令手牽手，肩並肩又關著誰的事哪？涵瑜，我越想越氣！醫生真奇怪，說不出什麼病，只開藥方，要我們靜養。我幾年不曾服過藥，我決計靜養幾天得了。你恐怕非服藥不成，因為你的身體問題太多了。學校定下星期停課試驗，你如果身體不好，也不必捨生命來趕試驗，爭分數。分數多的人不一定學問好。你們同班中有好幾位，試驗時要看別人的卷子，防不勝防，這樣去求分數，分數是一文不值的。如密司宋，密司李，月考都要晚上不睡，弄得吐血來爭這分數，分數對於她們有捨生命去換來的必要嗎？昨天接到表妹一封信，她說：「我們不得已或只能入學校，因自修經費實多於進學校；想好好的讀書，自修實在是較好的法子。現在的學校根本的是制度太壞，摧殘個性。一句話包括，可說學校是殺人的機關。」她的話雖是過火一點，然而的確有她的理由啊。

你畢業後將怎樣呢？再進什麼學校呢？進女高師吧，但是有些學生考上了也不肯進去，不知是什麼道理。進北大吧，我看你非再加緊補習的工夫不可。不進學校吧，社會上很少相當的職業位置你。難道整天只是煩悶著不成？生活便是戰鬥，誰都知道的，我們是在戰鬥嗎？我看似乎是在自殺。空空洞洞的互相勉慰，沒有用處，盼在最近我們來商量個辦法。

皮克

九

瑜妹妹：

以後的信，最好信封上寫：「張寄」「吳寄」，不要寫「瑜寄」，給人識破。信封上的字頂好也換換樣兒。今天聽差拿了許多信走進來，教務主任偏偏拿著你寄給我的信看了又看，才遞給我。我不知如何像賊一樣的心虛害怕，不敢抬頭正視他那銅像似的面孔。

舍監檢查學生的信件是本校頂重要的規程，我是半個職員，自然也有知道許多趣事的機會。學生的信件裡，情書占十分之三四，有的男生為著失戀要自殺的，但畢竟沒有自殺的事發現。昨天上午有一封給密司周的信，信中用半通的悱惻纏綿的詞句勸她萬不可自殺，舍監要我去報告密司周的家裡。我還沒有出發，密司周竟搖搖擺擺又到校了。那安慰她的情書還沒有到手，她卻仍然高興的活著，可見自殺，不過是滿足某種慾望的一件工具，並不算很值得注意的事！

由學生們的信裡所發生的麻煩事件實在太多了。竟使學校當局放棄責任，自動的取消檢查之議，真可驚異！這解嚴的消息一經傳出，北京城裡的男女學生怕不會裸體跳舞，白晝宣淫嗎？

敝省的第一女子師範，從前不聘男教員，後來竟開禁了，不過像太后們垂簾聽政一般，講壇前掛著一大塊白布，阻斷師徒之間的電流。後來那白布也取消了，有一位男教員眼睛瞧著天花板講授，出了教室，視線才敢落地。那教員後來教我們也不改他的習性，使我們非常的懷疑。當時引起了同學們的探討，所得竟是這樣一個來歷。現在呢，恐怕是江河日下，世風不古，廉恥道喪，男教員和女學生的目光簡直是平視著呢！

沒有一點兒事竟寫了這麼多，無聊，無聊！你的信，收到。你的身體有進步，我很感謝！不然我會時時刻刻為你擔憂，因為沒有強健的體力，你便永遠的不能站在生活的陣前勇猛的衝鋒啊！

你心愛的皮克

十

親愛的涵瑜：

由蘇君處轉來你一封信，奇怪！奇怪！我當時誠不知如何你的信會由他那裡轉來的。我看了信，肚子要笑痛了！

妹妹，我這破舊的行李，從我進初等小學時起一直到現在。它跟我乘火車，乘洋船，它跟我漂泊到天邊。我交了多多少少的時離時合的朋友，只有它對我永遠的不曾有變遷。朋友們說，「你製一套新的都製不起嗎？」我不理會這樣的慫恿。學生們取笑著說：「先生，你的帳子被窩究竟是白的還是黑的？」我不解答她們的懷疑。聽差的說：「先生，拿去洗洗吧？」哼，進洗衣店一次，就會白受糟踏，窟窿纍纍的拿回來，我索性給他個不理。不讓我那親愛的行李離開我一刻兒。

昨天發狂了，允許聽差將行李拿去洗了。你以為我是為著愛了一個女學生給學校撤了差搬著行李走了嗎？洗行李，在我，本是一件駭人聽聞的事。你忽然到我房裡不看見它，自然要起恐慌，同時也不看見我，自然更加起恐慌。不過你太浮躁了，太粗心了，在情書中寫了這們一頁可笑的事實，你自己何等羞慚呵！一刻兒不見我的行李便值得大驚小怪東奔西走去探聽嗎？算了吧，你乾脆一口把我吞了，免得發生意外的危險和未來的虛驚！涵瑜，我寫不下去了，眼睛給眼淚塞住，為著你發生了這樣珍奇的可笑的事件，我應該報答你以眼眶裡掉出來的珍珠！

密司熊為什麼老跟著你和暗探一樣呢？如果她知道我們最近的事情，那她就不應時時伴著你做我們的眼中釘。如果她不知道，你就不必告訴她，免得將來受流言的痛苦。我是本無顧忌之必要的，全是為著你，全是為著你要受假面具的禮教的遮掩啊！

皮克

十一

涵瑜：

現在要學期試驗了，你功課都預備好了嗎？如果身體不好，就不去特別預備也行。平時不燒香，急時抱佛腳，在倉卒之間沒有充分的預備，想操勝算，這也是和某將軍一樣，還沒有進關，便侈言著走馬看洛陽之花，投鞭斷長江之流，同一可笑！學校的房子小，人多，你不如搬回家去，比較舒服些。昨晚舍監不在校，密司劉在半晚上發生了駭人的病，沒有人負責。這是多麼危險的事啊！

這幾天，我擬不多寫信給你，免分你的心。我自己很忙，你也少寫點。過了試驗再暢談吧。試驗，不過五六天就完了，暑假就在眼前，忍著點兒吧。到那時隨便要怎樣我都承認。

密司王邀你同去會她那未曾交談過的情人，去不去在你，何必問我。不過她既是你的好友，她害怕會晤陌生的人來邀你同去，你似乎應該援助她，和她同去一趟。以

後少去些為好。因為在他們中間有了一位你，究竟是使他們不方便的事。這事聽你自己作主好了。你要我替她守祕密，自然，我們都是有經驗的人，不會亂說別人的隱事的。勿念。祝你好好的用功！

皮克

十二

涵瑜：

我講個笑話給你聽。

「一個孩子寫好了一封寄給朋友的信。他母親問道：『孩子，你的信怎樣寄去呢？』孩子沒有寄過信的，他說：『媽，我親自送去！』」

我的天，我倆的信不都是親自送去嗎？在沒有人瞧見我們的時候，不是常常互遞著情書嗎？我倆距離，有時只隔著一層皮膚，兩張嘴兒有時簡直可以相接觸，還要用筆談話，這恐怕不同語言的兩國人見了面，也不會鬧這樣的笑話吧。最可笑是我們沒機會互相遞信時，各人的信都不敢勞聽差的駕，親自出門繞個大彎，送到極近的郵政局。再由郵局轉到刻刻相見的人兒的手中。這是什麼玩意，我的天！

昨天下午真把我的肚子笑痛了！我倆竟在郵局裡相會，互交了情書以外，還加許多口述的最近的報告。這真是出乎意外的可笑的事！

皮克的情書

去年的你，不是在嘉興嗎，誰料到會在北京認識我這笨蛋。誰料到由相識而忸怩的互傾衷曲，心坎中縈紆地進行各人的神祕的問題，著了魔一般，在愛之途中相周旋呢？人事的變幻，真是光怪陸離！我很害怕，害怕我倆將來不知會變成什麼樣子，我想不身入其境，來玩這套把戲。我想和天使一樣，生對翅膀，比飛機的速度還快萬倍，在全世界的最高處翱翔，俯瞰著人世間一切的變幻！涵瑜，你願做天使不？不過天使多了，也會有男女之分，甚至也有師徒之誼，終而玩我們現在這樣的把戲的。試驗明日就完了，你搬回家後，我們雖是不能日日相見，心裡到覺舒適，而且寄信也方便得多；把晤愈少愈難，愈是痛快。不過是暑假中，我們不能只是作這種痛快的打算。我盼望你加意考慮你畢業後的升學問題。我把「不要安於現狀」幾個字依然奉還給你。

皮克

十三

親愛的涵瑜：

我們的照片雖是相互交換過了，但都不是現在的我們。現在的我們沒有照片上這樣的呆板落寞，也沒有這樣枯槁。現在的我們是滿足的，快慰的。我想和你合照一片，把兩個滿足而快慰的靈魂融化起來，成一結晶的個體，在卡片上留著永遠的活躍的紀念。這事想你是不會拒絕的。為符生死與共之意，我們就到廊房頭條同生照相館去拍吧。同生是北京頂著名的一家，如果你願意的話，後天上午九點我在那裡候你。

拍了照片後，我們到陶然亭去遊，好嗎？陶然亭是北京郊外的名勝，那兒有古代著名女界的荒塚，值得我們憑藉，那兒有一望無際的青碧的蘆葦；蘆葦高沒人影，中間的紆迴小道，值得我們穿插；登亭遠眺，全郭的佳境都入眼簾，涼風吹來，蘆葦形成了海水般的波浪；附近的古寺，遺老的花園，我們都可以不消破費去玩賞。半日的鄉間生活，怕會使我們不願重回都門吧？這樣烏煙瘴氣塵土飛揚的都門！

皮克的情書 

本來在勞心之後，我們是應該有相當的休養的。我想那天午飯後，順便到遊藝園去玩玩。遊藝園雖同曠野一樣的可憎，但是我們以另外的一種眼光去細心觀察那舞臺上的花旦和舞臺下擁擠的違廳諭大聲叫好的人們，或是隨便去偵探那許許多多攢來攢去的似乎帶著重要職務的人們，一定有許多神祕的有趣味的發現。遊藝園的這項特色，恐怕只有我們能玩賞領會吧？信到後，請即刻覆我。

皮克

十四

涵瑜：

在遊藝園玩耍的男女真不知有若干，偏生我們這一對逃不過姓林的紳士先生的明察，在你哥哥前面告發了。真是倒楣之至！林君是大學快畢業的人，這樣的關心風化，其學問人品，必定很可欽佩！不過他所說的「殊屬不成事體！」你哥哥和你第二個嫂嫂是怎樣結合的呀！你哥哥嚴格的責備我們，對於他那兄長的尊嚴名分上有什麼極好的影響？我頂恨那蒙著虎皮的狗擺老虎的臭架子！據你的來信，知道林君是你暑假中的英文教員，是世家子弟，而且是要到美國去的候補留學生。聽你平日的口氣，你哥哥要他教你的英文，這中間……我很理會得。你們已是師徒了，你哥哥勉強你和他自由戀愛，這正是禮教的明文，這真可叫做「殊屬成事體！」你要我以後不邀你出遊，這是當然的。他們我本不想認識，現在我已恭敬的認識了，對於你也真正的認識了，多承他們賜教，請你為我代致謝意。

涵瑜呀，我在平時就對你流露過感激的意思。我本夠不上在這世上有什麼非分之想；能夠和你通通信，已經是感激涕零！你放心吧，涵瑜，我怕委屈了你，很欣幸你有這樣的一位林君。或者將來還有比林君更優越十倍的一位情人。

我的家世曾再三對你說過了，家裡雖是有許多人讀書，但我的兄弟都是農民，滿身有牛屎臭的農民。換句話說我就不是世家子弟了。在大學畢業，家嚴就沒有這種力量。我自己也沒有這樣的決心。到法國去做工，前幾年倒是很想去的，至於到美國去留學，得博士，我卻不敢有這樣的夢想。因為種種的緣故，我不敢和什麼女學生談戀愛，沒有這些好聽的世家，留學，大學畢業等玩意，我見了女學生是永遠抬不起頭的。

前幾年，我每次由學校回家度寒暑假，父親母親常常對我說某人來說媒，姑娘相貌怎樣，人品怎樣，也讀過書。媒人再三的麻煩，只徵求我的同意。我常常一笑，把這問題拋開。有一次，父親說有一個師範畢業的女學生，問我要不要。那是一位有面子的親戚介紹的。那女學生家裡還有錢，是一個寡婦的唯一的寶貝。我心裡跳了一跳，覺著很高興，但又覺得這總是非分的事。我在省城裡讀書時，對街上的來往的女學生，從來不敢正視的。覺著她們是時代之花，是天上的仙子，無產階級結婚，這中間是不能有這般仙子的。那幾年我常常有這樣的思想。我父親呢，也覺著農家養不起女學生，家裡也不請老媽子的，難道要母親去服侍媳婦嗎？於是，我從此聽見人家說女學生，便不願意聽了。於是那使我心裡跳了一跳的女學生便不久成了營長夫人。我那親戚還時時無聊的對我表示惋惜。

涵瑜呀，我對女學生的念頭是這樣的，現在依然是這樣的，我對於你，心裡已經跳過好幾跳了，雖然我不過是你一位朋友，但是自從接到你這次的信，承認了林君所告發的「殊屬不成事體」是勢理之當然以後，我心坦然，坦然，永遠的不會心跳了。你放心罷，祝你多方的快慰！

皮克

十五

涵瑜：

接讀你十五日的信，使我悵惘的追悔。為著我，破裂了你家庭間的和睦。為著我，你便不要那世家出身的林君教你的英文，這是我意想不到的事。你要這樣的來安慰我，不過使我心裡難過罷了。你哥哥要檢查你收到的信件，這很好，我寫給你的信並沒有觸犯戒嚴條例的語句，不怕他以軍法從事，盡可乘此機會把所有的信都拿出來傳觀，表示我們的清白。那怕什麼。我倆時時通信，除學校當局以外，大概有許多人知道。我也曾告訴父母，他們聽我自己作主，不過要慎重些。我對於他們的態度非常的感謝。

討婆娘，在我覺得是一件很可笑的事。我從來不曾有這樣的打算。討男人，我倒是希望有這樣的一個女子討我去，但是還沒有到時候呢。我以為起碼這是二十五六歲以後的事。因為要過相當的時期，女子的學問才有相當的修養，體力才有相當的發育，意志才能堅定，然後她才能養活一個男人，養活將來的子女；或者萬不得已時，要男人也負擔一部分生活費也行。這不是笑話，因為我是能力弱的男子，不能不一反以往的習慣要婆娘來豢養。如果像從前一樣，要我來負擔婆娘和子女的費用，我便是負了千斤的走不動的羸騾，徒然悲慘的喘氣。這不是笑話，我那裡理想的婆娘應該有這樣高的地位。即令退一步講，我的婆娘也不能像從前的女子一樣。她應該和我一道到工廠裡去，找尋自己的麵包，早晨相互的握手道別，晚間仍然歡聚的抱吻，夫妻間相互的義務，除了快樂的晚上同眠以外，其餘是不必談的。

我將來討婆娘，或是一個女子討我做男人，我不願交換戒指首飾，因為我沒有這樣多的洋錢。我不願在結婚的那一天打鑼打鼓故意使不相干的人知道。因為鑼鼓是擾人清睡的東西。我更不願在牧師前面發誓，或是當著許多人的前面行禮，因為這全是假的。如果沒有這些玩意，將來我的婆娘要散夥時，沒有這些禮教纏住她，不讓她自由的他去。涵瑜，我講的這些話，不知你贊成否？

十六

涵瑜：

你對於我十七日的信表深切的同情，我很感慰！那末，我們將來就向這條路上走去吧！

相片我已於昨天取出。我看照得很逼真，我捨不得它，把在手裡看了又看，心中潮湧了萬千的情緒。我記起我是一個鄉農的兒子，現在竟成了漂亮的西裝少年，還依傍著一位天仙般的女學生，這何等欣幸啊！但是不知怎的這張小照由我的淚光中透過，竟是在霧中一樣，含糊得可怕！隱約得可怕！涵瑜呵，這小影中的一對，他們果然的是這樣永遠相依傍著嗎？我興念及此，不禁全身顫慄起來！

昨天晚上，我又將相片拿出來把玩，我忍不住，對你侮辱了。我應求你的原諒。我把玩了以後，隨即用鋼筆在小照上寫了些小字。這些小字很模糊的，現在我把它抄在下面：

仔細看，你相貌端祥，哪有半點輕狂！蓬鬆的髮兒，淺淡的衣裳，勝過那黛綠凝紅豔麗妝！男才女貌不相仿，你委實錯認了我皮郎！唉，我一刻兒不見你，心坎兒上總悒怏！那值得悒怏！那值得苦思量！今生如果不是並蒂蓮，為什相偎傍，影成雙？這些語句，在我心裡很熟習的，順便寫了出來，這或許是抄襲的，但是由什麼地方抄襲來的，我可記不清楚。好在寫在這小影上面沒有誰瞧見，是不關事的。即令有人瞧見，我拿別人的話來表示我的情感，也沒什麼要緊。這相片，不願由郵局寄給你，請你到蘇君的寓所來取。明下午二時，我在那裡候你。蘇君的寓所是你知道的。祝你平安！

皮克

十七

涵瑜：

昨天真熱，我們在先農壇樹蔭之下，吃了許多西瓜汽水，尚且熱汗淋漓，若是在家裡悶坐，真會要生病的。你哭什麼？問你，始終是不答覆我。我隨便說一點「要改變姓名」的話，這沒有什麼費解的地方，懷疑的地方。昨天我就對你說過，我為著愛你，我所以改成同你一樣的姓。你是為著這點小事哭嗎？我不是對於你個人有什麼陰謀，要改名換姓逃避一般人的耳目，我也不是共產黨，赤化，要改名換姓避免警廳的偵緝。我說那句話實在沒有什麼動機。不過我覺得名字是一個人的符號，這符號改不改是沒有關係的。我又覺得氏族的觀念是可笑的，為什麼一定要有氏族呢？男女的結合，女族的姓上為什麼要加上夫族的姓呢？為什麼產出子女，一定要冠夫家的姓呢？這不過是傳統的思想，夫權極盛時代的把戲罷了。古代一妻多夫的時候，產出的子女應該姓什麼？妓女生了子女應該姓什麼？這不都是費研究的小問題嗎？

你常常鄙視階級與虛榮，我十分的欽佩，但昨天的話，一定要我在大學畢業，這語句似乎是自階級與虛榮出發的。在國立大學的學生中，我的朋友也有好幾位，他們將來有什麼成就，誰也說不定。背著大學畢業的招牌，能不能在社會上有所建樹，更不必說了。我看只要自己有自修的能力，能夠認真的自修，那就行了。要講虛榮，最好是到外國去留學，最好是到美國去。我們在日報上不是天天看見了一批一批的到美國去留學的嗎？這些留學生將來都是帶著博士碩士的頭銜榮歸故國。國家有這許多的留學生，有這許多博士碩士，真是邦國之光！歷年花了多少萬的國幣，真是不知買回多少邦國之光！將來最好是將全國大學停辦，都到美國留學。這更可炫耀於全球各國了！前幾天有一位同學快要起程到美國進什麼大學，他說：「我將來回國，大學教授是無論如何當得下的。」語意之間，似乎是「我，美國出身的什麼士，豈僅在國內大學任一教授而已哉。」我當時覺得好笑。我心裡在回答他說：「那自然，不必一定在美國得博士，回國任教授，就是在這一刻，你就了不起啦，而我也可以自豪的逢人便說，某也吾友，吾莫逆之同班生，行於某日赴歐，將來學成歸國，予小子以同班生之資格，亦敢昂然列歡迎大會之席矣！」

涵瑜，在科學昌明的歐美，有什麼發明，真不容易！聽說在外國考博士，全靠一篇有什麼發明的論文。中國的留學生們，常常搬出本國的古董，去巧取博士的頭銜，輒如意以償。又聽說某人在鳥腎裡面發明了一極微渺的細胞，於是昆蟲學博士的榮冠又加諸其頭了。在外國科學昌明的時代，中國人能夠發明一個鳥腎的細胞，的確可以算個博士。不過稀爛的中國，待救的中國，花了許多洋錢到外國去造就一個鳥腎的博士，那鳥腎的細胞對於中國有沒有什麼偉大的貢獻？這恐怕誰都不敢說吧。在待救的中國，大革命時代的中國，鳥腎博士們能不能夠以一鳥腎的細胞去打倒帝國主義，打倒軍閥，外抗強權，內除國賊，甚而至於以之反赤救國，這恐怕誰也不能說吧！

涵瑜，講得太多了，因為你一句話，使一部分的博士們，留學生們，被一個不識之無的中等學生侮辱了，真是臣罪當誅，不過現在是共和時代，言論自由，不能說我是中學生就以人廢言。我說的不對，這是私信，不會有人看見。即令有人看見，罵了一聲「放你娘三年勿來的屁。」

我就承認這是貓屁狗屁都行。有什麼要緊。不再費話了，祝你快樂！

皮克

十八

涵瑜：

你要回鄉去，忽然的要回鄉去，我很懷疑。你說母親病了，非常的思念你，她老人家只有你這女兒，兒子全到外省去了，你要回去侍奉老母，這是重大的名義。我不敢阻止你。不過除了回鄉省親的名義以外還有別的意思沒有？我很懷疑。不過交通便利，盼不久我們仍然在北京相見。

我幾次走到你家裡的門口。始終不敢推門進來。你雖然是要我到你家裡坐談，但我不知道你兄嫂的態度如何，怕禍從天降。我是農民的兒子，豬頭悶沉的笨貨，雖然是穿了西服，拿了自由棍，戴著金絲眼鏡，也會吃挨死狗林，也會抽雪茄，然而這能掩飾我是農民的兒子不呢？我自以為的時髦漂亮，但是能使你兄嫂瞧得上眼不？涵瑜，「忠厚傳家久」，「詩書繼世長，」我一到你家的門前，就給這對門神阻住，呆呆的痴想，覺著這家是詩禮之家，這門是禮教之門，我是農家的浮薄的我，終於我躺在洋車上被拖回去。

你倉卒的起程，我沒有什麼送你，糖食果品恐怕你吃壞肚子，而且這些東西最易消滅腐化的。我預備了四本書：一是《少年維特的煩惱》，一是《吶喊》，一是《結婚的愛》，一是《飛絮》。這是最近買的。這些書我知道你是不曾瞧過的。它們或許能安慰你旅途中的孤寂。或許能使你暫時的拋開一切的牽掛。我呢，我只禱祝著這是暫時的別離，在暫時別離中，我決計在冊籍中探索些安慰。嘉興怕不是你安身之所，盼不久我們仍然在北京相見。你決定了後天起程嗎？那末，我們還有相見的機會不？你家裡，我是不原來的。如果白天相見，又會加我們一個「殊屬不成事體」。那末，我們就在昏黑的晚上到中央公園的後門荷池邊相晤吧。這樣炎熱的天氣，在黑暗中的數不清的遊客中，或許不會給紳士先生察出我們這渺小的不要臉的一對。涵瑜，這是一個重要的把晤，在我個人的心坎中，覺著是個重要的把晤，極珍貴的一回把晤。在這回把晤以後，我就只能在車站的遠處暈暈沉沉的立著，看你跟著行李上火車，看你的麗影隱在車箱中，看這長蛇般的箱子把你裝了去。風馳電掣的把你推著走，只剩著揮巾拭淚的孤伶伶的我。涵瑜，我寫到這裡，信紙忽然給什麼水一滴一滴的浸溼了。

明晚五點鐘我在中央公園後門荷塘邊候你，諒你是不會失約吧！

農民的兒子皮克

十九

涵瑜：

你很怪我沒送行嗎，當你離京的時候？

今天下午，我在你家的門外盤桓過幾次，又在胡同口逡巡了點把鐘，但我始終不敢到你家裡去。當你家附近有人出來。我便將窺伺的頭縮了。我不能忘記故鄉割耳的故事。我雖沒有被割耳的資格，但我不知如何那樣的膽怯！我沒有勇氣見你一面，便悵惘的踱回學校。學校是怎樣寂靜淒涼呵！我坐不住了，立不穩了，昏昏沉沉躺在床上，情火熱烈的將我的心燒焦了。我就起來寫信，但幾點鐘內你如何能收到呢？我只得擱筆拚命按住震跳的心，靜候著黃昏的到臨。等呵，耐不住的等呵！黃昏終於惠臨了。我便興奮的雇車趕到車站去。

我七點多鐘到車站，棺木般的車箱兩邊排列著，車頭繚繞著令人打噴嚏的煤煙。驀然間，放氣筒毒毒的幾聲叫喊，我便驚惶失措的竄到詢問處一問，幸喜京津車要十一點開行。我當時覺著自己的靈魂給希望包圍著，心想你在都門至少還有三點多鐘的勾留吧。我得到安慰了。我倚著這根屋柱，一會兒又倚著那根屋柱；因為心神過於專一，彷彿房子都旋轉起來。匆忙的旅客們在我眼裡就同走馬燈裡的人物。等著，等著，所有的屋柱漸漸都給人們占去了，我便在人叢中茫無主宰的彳亍，眼睛不斷的遠遠的探望，一個一個去認明。好幾個女學生裝的模糊的黑影曾引誘我追逐著，奔到她們的前面，但偷偷的回頭一看，卻不是你。我赧顏的又走開了。我想在行人來往的要衝鵠候著，但總怕你兄嫂瞧見，他們雖則無情，總得送你上車吧，我想。

等呵，等呵，跟著夜的延續，失望與悲哀也就層層的將我包圍了。直等到十一點，不留情面的京津車開了，長蛇一般的蜿蜒著走了，我卒致沒有看見你。你坐的是臥車吧？但我的確瞧遍了車箱的呀！為什麼我看不見你？我失了魂了，真心慌了，東竄西竄的結果，我給一塊西瓜皮滑倒了。當我無力的緩緩的爬起來時，茫然四顧，車站已是人影稀疏，只有我的孤獨的影子跟著我躊躇，話別的機緣難道這樣難逢嗎，涵瑜？

我真對不住你，沒有送行，但又彷彿送了行。我送你到車站，和你密談，吻抱，

皮克的情書

送你出了京，伴你到天津，到浦口，到……我豈是沒瞧見你，你在我眼前，在我身邊，在我懷抱中呢，永遠在我懷抱中，在我心的深處，我們何嘗別呢，我又何嘗送你呢！

瑜，這信是由車站回來寫的，時鐘已經敲著十二點，我的眼睛睜不開了，不是因為疲勞，不是因為夜深，實在，我身上的水分太多了，它愛從眼眶裡排泄。我想你在轟轟的車箱中紛忙著，或在許多陌生的臉子中縮懾著，意識裡怕不由你將我捉住在你身邊吧？

這信在你後面追逐著，相隔沒幾步。你到家不久就會和它把晤。但我何時得接到你所賞賜的一包一包的安慰呢？呵，不必急急要接到你的賞賜品啦，我是很安慰的，我現在就在和你對話，你在我眼前，在我的懷抱中，在我的心的深處呢！

你親愛的皮克

二十

涵瑜：

當我沒接到你抵家後所寄的信以前，我曾寫好寄信的第二封信。我寫好了就覺著幾日來的離愫都已抒盡。就覺著已和你會過面了。我不管你掛念我不，糊糊塗塗的將那封信擱起。兩日後，別緒又縈繞在心頭。我想寫第三封信，但一握管，就猛然的想得極其玄遠：我想就只我會掛念你，該一封一封的寄信給你，你難道就將我忘了，一個字都吝嗇的不給我嗎？我太自苦了，當了呆牛了，我不願永久呆下去。我非接到你一封信，我才寫第三封信。我情願將第二，第三，或連第四，第五封信做一捆擲給你。可是現在啊，我發覺我是一個卑鄙的自私者，這樣空幻的憤惱，報復，多麼自愧！多麼可笑！涵瑜，這深深隱藏在我心底下的話不說不成嗎？不成，不成，我情願說了出來，再向你道歉。

你的靈魂皮克

二十一

涵瑜：

哪個母親不關懷遠遊的兒女？當兒女遠道歸來，母親最注意的是兒女的操守和體態。你母親檢驗你的眉毛，按你的鼻梁，她說什麼嗎？

這算交代清楚了，涵瑜！你讓你母親檢驗吧！我幸沒有使你帶著婦人的身體回去，不然，你將如何的難堪啊！你兄嫂寄給你母親的信，我都仔細看過了，「爛汙貨」在北京簡直是窩窯子，就為這罪名將你遣回去，多毒辣呵，他們。你母親既經檢驗你了，她相信誰是對的？你沒損失你的所有，他們卻暴露了他們的原形！他們遣開你就算減輕了負擔好一心一意的獨自享樂嗎，他們心上是永遠壓著內疚的石塊的。瑜呵，你也不必恨他們，遣你回家的是我，是我使他們這樣辦的。我誓竭力補償你兄嫂所加於你的損失，如果你家裡和兄嫂絕不理會你時，我能將一個錢一個錢積起來。供給你的費用，只要你有再出外求學的決心。

現在天氣還正熱呢，你不必就籌劃為我織絨繩袿啊！即令嚴寒到了，我的心爐是時常有燃料烘烘著的，只要能接到你的一字一筆記取，瑜呵，嚴寒時節盼你寄我以筆和墨所織成的絨繩袿！

皮克

二十二

涵瑜：

收到你八月二日的信後，使我深感不安。你這次回家，雖說被賣，能在母親身邊多親近幾日也很幸福的，而且你從此認識你的兄嫂，認識了什麼叫做同情，認識了世界的一切，總也算大大的收穫。母親雖說你如自由行動，便給你生平所儲存的四百元，任你逍遙，不負責任，我想這是她的恐嚇話，你是她唯一的寶貝，她真忍心的關你在籠子裡消滅下去，更忍心讓你在外落魄漂流嗎？

別後，我不知如何越發愛你。我想男女刻刻相偎傍著就膩了，就感觸不到新鮮的意味。因為接觸的機會多，不如意的事也就易於發生，情感也就容易受挫，至於已結婚的男女，免不了生殖力疲憊的苦悶，一經生男育女便負擔加重，兒女嘰嘈，最容易使家庭間的空氣惡化。想愛的悠久，就要注意生殖力的保持。那末，精神飽滿了，他的宇宙便是樂觀的，前進的，不然他會疲倦，愁煩，為著一點細故就會焦躁的生事，跟著吵鬧就來啦；經過多次的吵鬧，慢慢的就會分居，甚至離異的事也跟著發生啦。不過男女間沒有極深的隔膜暫時的分居卻仍希冀同居的，同居的開始的幾天又回覆到新婚時的樂境，然而老是同居著，不愛惜各人的生殖力，或者又會走到分離的歧途上。我想男女疏隔與接近的機會若適當，也可增加愛情的。愛情這東西極神祕，你心中愈感著缺陷便愈想去滿足，唯其愈難滿足便愈覺你所需要的之珍貴而愈要努力去尋求。不是嗎，容易找到的東西在你心裡就會以為不算什麼，你許會敝屣你所獲得的一切。不過你對於某種欲求已經滿足了又會厭倦起來，凸在你心中的便仍然是個缺陷。這正和月一樣，盈了便缺，缺了又盈。所以要滿足就不能不有缺陷，要使愛情的悠久，就不能不保持生殖力以避免疲倦與愁煩，要領略同居的滋味就不能不有相當的疏遠。我越說越糊塗，恐怕離了論點好遠了吧。我是愛的粗淺的嘗試者，經驗是很幼稚的，我不敢說我的話很對，但我常常這樣紛亂的設想。我要舉個例，這事實能不能恰當的嵌在我這紛亂的思想裡，我也不能判斷呢！事實是這樣：

我的表兄結婚已經三年，生了兩個孩子。他是無產階級者，自己還在大學校讀書，孩子的費用多半是表嫂靠當教員賺錢負擔的。我不知他倆是為什麼才分居的，但

他倆同居時雙方都感著苦痛，口口聲聲要節育，要抑制性交，有時還吵鬧，看不出他倆是怎樣的相愛。但分居後，一感受別離的滋味，在頻繁的通信中，卻很可看出他倆情感更加濃厚，相片是時時互相寄贈的，好像和另一個人在甜蜜的戀愛著。但是隔絕過久了，生了一點波折，因為一個人的心目中除了原始的愛人以外，不能說絕無其他可愛的，當他們起了肉慾慌，感到空虛與寂寞，於是第三者便可輕便的乘虛而入。我表兄對於表嫂的愛是比表嫂對他的愛更專一，因為上述的緣故，表嫂就愛上一個小學教師，不過她心中的缺陷，沒有要求那教師來填滿就是。她寫信給我表兄說：

「我近來頗歡喜一師附小教員周君。他的溫柔，學問，人品都使我歡喜。但我雖頗歡喜他，他究竟在我倆的愛河的岸上，他不過是在我倆的愛河裡隱約的浮起的一個倒影，他不會在我們中間起什麼波浪。你放心我嗎？信任我嗎？親愛的，暑假時請你回來住個把月吧！若不是孩子的累贅，我就來會你呀！」

我表兄的回信是：「親愛的，我對你說『親愛的』，恐怕是一支箭射在你那情絲蔓延著的心上吧，我怕沒有資格這樣稱你了吧！周君一切都優於我，都比我可愛，我也很愛他。為了他，我盼他能占有你，不，為著你我更盼你能占有他。渺小且不值什麼的我，配在你心裡占個地位嗎？這不是妒嫉話，實在的，為著我犧牲了你的學業，拖累了你的精神，阻遏了你所有的機會。我真百死不足以答報你的恩典，你能與周君結合，我將這你所固有的一點自由，攫為贈你的禮物，請你收受了吧，歡愉的收受了吧！請你允許我的要求。這正是要滿足我愛你到極點的表示，請別誤會以為是我不愛你才願意離異。你能離棄了我，你才是我所親愛的呀。因為這才成全了我對你的愛。」

這信發出後，表嫂不相信表兄的態度。她回信說：「海可枯，石可爛，你我愛情不可滅。你為著圓滿我和周君的愛才要離異的嗎？那是你的錯覺，我很感謝你這偉大的態度，但是，人啊，我和你一樣，非得你有新戀時，我才肯和你離異來成全你的。你果然不是妒嫉嗎？如果是，那你對於我的愛……」人類畢竟是自私的，他們不願實現他們的理想，表兄終於妒嫉，懷疑，他覺著喪失了一切，他覺著愛她只有占有她，他癲狂了，至於自殺，幸自殺沒成功。當時，我和朋友們商議發電給我表嫂，她接電，即刻拖兒帶女奔到北京。她感激表兄為她犧牲性命，他倆又如新婚的過著愛的生活，表兄的癲狂病也好了。可是過於親愛就膩了，許久以後又厭倦了，吵鬧起來了，表嫂終於逃回去。許久以後她竟至和周君同居。她和周君同居總算得到滿足了吧，但是，又蹈了覆轍，不到半年，她和周君又離異了。我想這樣翻來覆去的，這中間總不免有前面所說的原因吧。寫得太多了，腦筋糊塗起來了，我不知道這段情節合不合前面的理論。

瑜，我們不能別離久了，久了恐會變卦。我不相信誰永遠只愛一個人的，雖則我倆目前沒有別的愛人。有愛才有天地，沒有愛，一切都成枯木死灰，愛是流動的，也是固定的，我不承認有什麼純潔的。愛，人們只罵一個人愛了這個又愛那個如獷野中的淫獸一般：這個雄的爬在那個雌的背上，一會兒這個雄的又爬在另一個雌的背上，情形錯雜，這不是純潔的愛，是獸慾橫流。我鬧不清人欲與獸慾，我不信，獸慾中間就可斷言沒有一點愛。它愛爬在它的背上，它愛它或讓它爬在自己背上，這中間沒一點愛嗎？愛有什麼方的圓的純潔的，汙濁的呀。我是人，但我不反對獸的行為，我只反對那自己有獸的行為而反對別人有獸的行為的人呀！

你的皮克

二十三

涵瑜：

什麼無聊啊，鄉村生活比擾攘的都市生活無聊嗎？你目所接觸的是幽靜的山水，誠樸的農民的臉子，耳所聽的是鳥雀的清歌，是村民發自心坎的談論，鼻所聞的是素潔新鮮的空氣，是花草的芬芳，這無聊嗎？恐是自然美包圍了你，你不覺著它是美吧！

日來，我除寫信給你時便覺沉悶。學校沒有豐富的圖書供我閱覽，沒有知心的同事伴我談天，來看我的朋友大半是為著神祕的目的而來的，談不起勁。出遊吧，我受不住燥熱的空氣的炙灼和灰塵的侵襲，我為著熱與灰塵流過不少的鼻血了，我不願出遊。聊慰我無限的寂寥的要算是托爾斯泰先生。他的《*Twenty Three Tales*》給我以安慰不少。這部書是英譯，淺顯的文字，我讀得頗感興味。我在中國小說裡沒找著過這樣有主義有思想有趣味的。這小冊子很有引我舍數學入文學之境的魔力。我明知科學比

皮克的情書

文學需要些，在今日的中國。但生機枯澀的我，或者文學比較能滋潤我一點吧。

我寫不出別的話，但總捨不得停筆，有時話多了，又爭著要跑出心境似的，寫了這又忘了那，找不著頭緒，常常寫得極其紛亂潦草。我想，寫給愛人或摯友的信，總免不了這毛病吧。要糊里糊塗去想，暈頭暈腦去寫，才算是真正的情書，作古正今寫的究竟有些像試卷。寫試卷式的情書世間有多少呵，哈哈，太滑稽了，青年們！

皮克

二十四

涵瑜：

我在哭了，我愛在寫信給你時哭。今天我受了欺侮啦，我沒有的抵抗力，只在那欺侮我的人離開我的視線時，我將身受的創傷，用滾滾的淚流去洗滌。孤獨而軟弱的我向誰要求援助啊，沒有援助，沒有同情我的人，我哭有什麼意義啊！我只想倒在你懷裡痛痛快快的哭。「你不去逛逛中央公園嗎？這樣的好天氣？」星期日正午，也常逛公園的國文教員吳先生來校時，我正在午餐，這樣的問他。

「你以為我是專門逛公園的啊，你以為我是專門逛公園的啊，嚇！」吳先生突如其來的板起面孔用憤恨的語句向我頂。我莫名其妙的軟弱的瞧著他，低了頭，我嚥不下飯了，即刻乘他不備，往臥室的床上一躺，眼淚似乎可惜的由眼眶滾出來便往耳朵裡灌。「他是鐵面無私的正直人，是個道學家，大概我們從前逛公園時，他瞧見了，不然，我倆的關係許是誰向他透了點消息。在他的眼中大約公園是我們下流人逛的，凡是我們逛過的公園，公園便汙濁得不堪了。」我想。他頂了我幾句後，似乎覺著我太不是他的對手，也就索然寡味的走了。

晚上，吳先生又和兩位教員——他的同鄉——來了。

他愛在這時，和舍監——他的同鄉——熊女士談天。我那時恰在寫寄給你的信，他可拿著了真憑實據啦，「嚇，不出門嗎？西裝不穿了嗎？呵，我知道，你已經上了膀子啦，你沒工夫出門，沒工夫收拾，你忙著寫情書，是不是？」他偏著頭，睜開眼睛盯著我，臉子滑稽得可怕。我被逼得沒有退路，只得報之以慘笑。我的臉燒得火熱一樣，說不出什麼。我是賊，我心虛，怕他理直氣壯而且幫手多；我怕他又來第二手，我告訴他說：「熊先生不在家。」這是好意，告訴他們莫久候。但反而招了禍：「我們是專來會熊先生的吧？見鬼啦，見鬼啦。」吳先生可不能不憤怒了。他罵著，旁邊兩個兇狠的臉子連忙打接應，視線集中在我臉上。我哪敢再多嘴，用手掩著臉，遮住燈光使眼淚在暗中好舒暢的淌。我怕滴在桌上難為情，即刻轉頭取毛巾擦著臉，擦了半天。他們得了大勝，便高興的凱旋了。我這才痛痛快快的低聲哭了一陣。

我是淚人，受了點委屈就淌淚，淚呵，你是我的武器，你是替我復仇的恩人。外侮之來是無盡期的，淚呵，請儲藏在眼眶邊候著，煩你預備為我拚命的抵抗著。這次便這樣行了，我已發洩了一肚子的鬱悶。瑜，請別為我不快，因為你，我快樂了。請別恨他們，為著他們愚笨得可憐，我饒恕了他們！

愛你的皮克

二十五

涵瑜：

不瞞你，最近我被邀到妓院去參觀過一次，雖然只去坐一坐談一談，也得花幾塊錢。他們以為這是對我很客氣的應酬，他們的錢都是千方百計想法借來的。嫖賭在北京的學界公然成了一種風尚，固然，有的以此為消遣，有的怕不免成為一個嗜好了吧。我不知這是學校制度不良抑社會制度不良，總之禮教之防太嚴，男女接觸的機會少，政府，業餘又沒有正當的消遣的場所和組合去愉悅他們的靈魂，消磨他們的剩餘的時光，致會他們不能不往嫖賭的路上奔，這恐怕是一個大原因吧！大規模的賭場中的生活我不清楚，但嫖客與妓女的情形卻給我以極深的印象：

他們向妓院出發前，須經幾點鐘的籌備，借著了錢還得借馬褂，長衫，借這樣那樣。打算逛多少家妓院時，預先包定幾輛洋車，表示自己有包車。各人的錢搜攏來通盤籌算一下，裝進一個皮匣子，到了某人的妓女家，這皮匣子便暫時歸某人保管著。

因為在妓女家掏出皮匣時，鈔票一大疊，誰敢說他沒有錢！明明在家裡吃的是饅頭，偏說在賓宴春和朋友宴會；明明在家裡躺在床上苦惱著，卻要說看梅蘭芳的戲去來，這謊話不會漏馬腳嗎？不會。他們預先打聽好某處演什麼戲，幾句重要的牛皮是經過了一番會議的。他們自以為是很闊氣的，但這樣的闊氣每每不能得到她們的歡心，他們便暗中偷她們的好香菸。那晚他們只逛到兩三點鐘才回家，大概忘了學校還沒開課吧。至於妓女方面呢，「頭等」以南方人為多，初見她們儼然是處女和大家閨秀一樣神聖不可侵犯。可是多坐了一會便原形畢露了。她們的年齡老是十六七與二十歲之間。妓女紅第曾對我一個朋友說她是十六歲，但我另一個朋友知道她極清楚，那次他特意同去了，他說：「紅第，你今年到底幾歲？」她無可掩飾，便敷衍著說：「隨便隨便」就一溜煙跑了。她們對於生客很忙，每每只有幾分鐘能奉陪，但我們撩起簾子一看，她們卻在大門口歇涼，或與僕役們談她們的老故事。

「二等」妓院沒有「頭等」裡面清靜美麗。因為價賤，逛的人也特別多。那次可真巧，我們在裡面遇見我們從前師範學校的校長。他偕著一個專門學校裡的有聖人之稱的學監，也是從前我們師範學校的學監。校長一見我們便說：「嚇，你們也到了這

裡啊，好啊，好啊，在學校裡太疲倦了，也應該出來走走。古人有句言，要及時行樂。」

哈，哈，不過常來是不好的噢。嚇嚇嚇，他不忘他的師長的身分，諄諄的誘導著。他很知道及時行樂，他只生過三回楊梅瘡。至於那聖人，只將背朝著我們，我們出那家妓院時卻聽見他朝校長蹬腳道：「我本不肯來的，本不肯來的，好，一來就……我知道會碰鬼的。」

朋友們只肯逛頭二等，沒有見過世面的周君和我卻定要到三等裡去見識，見識。我們兩人就違了眾議去了。剛進門，伕役們謙謹的嚷著：「先生，走錯啦，走錯啦。」我說：「沒有錯，沒有錯。我們是來打茶圍的。」妓女知道客人來了，都站在各人的房門口，任我們挑選，有的穿著領褂，有的赤著上身。她們取笑我們，有的私議著：「一定是車夫逃了，不然，就是聽差的開了小差啦！」

在「頭等」裡我所感到的是她們的那種紙老虎似的盛氣淩人的態度。我們只要衣服穿得差點就會受她們的氣。在「二等」裡呢，我覺得她們過於辛勞，過於苦楚。而在「三等」裡呢，那便是絕對的肉的販賣所，是純粹的鹹肉商場。為著生活，忍著創痛去逢迎各色的不相識的無情的臉子，將殘敗的軀體向人們貢獻。我不知如何世間會有這樣的一塊天地。瑜我真寫不下去了。

拿幾毛錢走到二三等妓院去消遣，這在北京人真是同每日三餐一樣的平常，但是我不以為平常的。你以為這不值得報告你啦？

你真實的皮克

二十六

涵瑜：

我預料你接我的信後，必定懷疑責備的；即令你不責備，我也不願而且不忍再去參觀的呀！

你說妓女怎樣卑鄙，我以為不盡然。一部分蘇常女子，養下女兒就教她以當妓為出路，其心自然可誅，但有些卻是情非得已。我以為妓女們以肉體換麵包換金錢，這和平常的女子在真愛的境界以外只一心一意將自己的身體貢獻給有錢有勢的政客官僚，她的行為和妓女有什麼嚴格的區別呢？我不是愛嫖妓也不是為妓辯護，我覺實際情形是這樣。

你說凡事要杜漸防微，這話不錯，但我也無所謂「漸」，也無所謂「微」，不過勉強去參觀過一次。這次參觀所給我的印象，並不能使我淫慾滋生，卻是使我心中印著永不磨滅的悲哀的影子。你以為我會常去消遣嗎？暑假開始的一天，我不是和你騎騾去遊城外樂道莊嗎？表兄要我們在溪邊垂釣，他自己便到田間採西瓜去。我倆在綠樹參天的叢林中密談，四野無人，自然美將我陶醉了的時候，我忽然心中起了衝動，我坐在石板上開始逗你，你也知道我在逗你就挨在我身旁了。我用手指撥你的手指，你的臉就紅了，低著頭不知在痴想些什麼。我說：「將來我們到西山去逛逛好嗎？」你說：「路這樣遠！」我說：「那怕什麼，你高興騎驟就騎驟，或乘洋車或坐長途巴士都隨你的便，西山有幽雅的旅舍，不必自備行李。天晚了我們就在那裡歇一晚也行。反正你還沒搬回家去住，有誰曉得。」你還是低著頭，臉更紅了，一句話也不說，只用手擦著石板。最後你不是抬起頭，眼睛迷迷的向我斜睃了一下，說了一聲「那末那天去呢」的話嗎？這不是你允許我了嗎？一個未婚的青年在起了肉慾慌時，得了情人的允許，他應該是怎的喜躍啊，但我猜想那事不過就是那末一回事，實現一回，於我們也沒有什麼了不得的好處，留著那神祕的樂境，虛幻的去玩味著，這或許比實現的滋味更優美。我還怕你是一時的衝動，當時允許了我終歸又後悔的，我於是更加慎重了，我說：「我剛才是說的笑話。請別認真吧！」我那時很抱歉似的，很留心觀察你的態度，深怕這拂了你的心意。不久，彼此的心中所起的波濤終於平息了。你記起那回的事，

皮克的情書

你該明瞭我不是只在肉慾上求滿足的，更不會在妓女身上有什麼「漸」「微」可「杜」可「防」的吧！

雖然我對於你的忠告，應該非常的感謝！

皮克

二十七

涵瑜：

多日沒接你的信了，你是不相信我嗎？你是很忙，或是身體不舒服嗎？我時時掛念你，心裡好像有什麼了不得的大事。天天想寫信給你又生怕我的信剛付郵時你的信即刻收到了，我又得重行來回答你。

本來多寫幾封信算不了什麼。但我寫信給你實在不是一件極輕便的事。我每次握管時，好像沒有什麼要對你說的，但一動筆就寫不完，寫的時候好像上了戰場，拿著長槍和強敵在酣鬥。聽不見誰叫我吃飯，聽不見誰和我談話，也不覺夜已深了，燈油完了。我的靈魂裡單單只有一個你，此外別無所有。我的心神凝聚在你身上，縈紆在你左右，不這樣便顯然覺著我倆隔離得太遠，你便會是一個捉摸不到的仙女。仙女呵，我一提筆就好像你款款的站在我身上，偎傍著細語著，但又分不出是兩個人在對話，分不出有兩個形體。那時候，我的心頭便油油然起著極強烈的感應，愛的液體就

蕩漾起來，分泌起來。我不知這感應是酸是甜或苦。我一寫信給你就這般費勁，所以我說寫信給你在我不是一件輕便的事，因此，我逆料那幾天可以接讀你的信時，我每每歡忭的，預備接待久別重逢的密友一般的等著。如果出乎我的逆料，我便惶惶然的猜想你一定有什麼事發生。（郵差送信來了。我看完了再寫。）瑜你的信我看完了，看出了我兩行的清淚。這回不幸竟給我猜中了，唉，為什麼我這樣背時竟一猜就猜中了你是病了呢？「咯血」，我怕看這樣的字，我的伯父，我的三個叔父，我的幾個朋友，都是這兩個字把他們葬埋了，我現在看你又落到這悲境中，我非常的膽顫心驚。你如何自暴自棄弄到這田步呢？你該不是故為危詞探我的態度的吧。我希望這是借此探聽我的態度的。因為沒有什麼了不得的悲哀使你有這樣的現象，沒有什麼排不掉的抑鬱要凝成血塊由口腔噴出來，即令有，你難道是呆子嗎？你該忍耐的去應付你的環境啊，你該拿出打不死的程咬金的精神去開闢你的前程啊！你為什麼怯弱無能到這樣子啊。你拿把刀子向脖子上一抹不就爽快的完了嗎？瑜，你不替你設想，也應替我想想。我接到這封信真手忙腳亂了。我很灰心氣憤，恨你不替我留點餘地。好，什麼都完了，我決計陪著你挫喪自己，毀滅自己，走，大家一道向墳墓走去。

在你病中，我本不應說憤激的話，但我是個急性人，我除非也害起病來我再沒有安慰你的途徑。我看你一定也歡喜我咯血的。不然，你就該努力的養養。我的憤語，你別看得生氣，我的情致纏綿的話，你別看得動情，因為這於病人很不相宜的。

最近我作了一篇小說。這是第一次創作，一壁作，一壁哭。我作好了改了又改，我覺得還要得句句是從心坎中流露出來的。我將它送到報館去了。送去後忽然又覺著要不得。很後悔。因為我雖覺著好，似乎要個個都說好才行呢。文字要不得或許不致刊載吧，如果刊載了那才丟臉呢！我署的是真名姓。我悔不該署真名姓的。

你的好友皮克

二十八

涵瑜：

我的心上好像釘了一顆釘，時時作痛。這全因你咯血的緣故。你好些嗎？別再害我了，請你給我好好的保養保養吧！

每天送報的來了，我愛搶著去接，頭二張給別人，副刊留給自己看。我只看目錄上有我的大名沒有，沒有，便什麼也不值我一看了。昨天的副刊上我的大名竟巍巍的載著呢，心裡打鼓一樣，碰，碰的在恭賀我中了頭彩一般。我怕誰看出我這可笑的表情，我就故意不看那張副刊，我想留待大家都看了再安閒而自然的欣賞著。因為這樣才可表示我是並不以為在大報的副刊上發表過一篇小說是怎樣的有名譽，雖則同事們也常誇著他的朋友曾在這報上登過文章，學生也羨慕的稱道某教員登過一回評論。

後來，他們以為發現了什麼了不得的事跡似的，看了我的大名，就匆忙的報告我，不消說，讀完了還結結實實的讚揚了一頓，跟著他們的地位就降低了似的。留堂的學生們也都愛看副刊的，自然，她們也就用「不可輕視」的眼光向我瞟著。「低年級的代數教員公然發表文藝作品起來了。」在誰的心中不都這樣駭異嗎？不但如此，當他們和我談話時，還發現我桌上有封副刊編輯者托我陸續惠稿的信，他們瞧了，還拍拍我的肩，不過心中的「頂括括」和那個大拇指不好意思頂出來就是。我在他們中間真是有了相當的名譽了。但我是個幼稚的作者，對於發表了的作品雖然以為滿意。但我沒有名譽的觀念在心中，我比老作家的態度還老練呢！

「名譽」的定義和界說是怎樣我一向不大明白，大概這東西也隨各人的觀點為轉移吧。譬如一個好木匠，他在木匠界當然有名譽，但在文藝界他便不為人所知道，我們可以說他沒有名譽瞧不起他嗎？一個人的作品，你以為好，我卻以為壞，那他的名譽的好壞不是隨人去顛倒嗎！因此，我以為一個人他要幹什麼盡可根據他自己認為正當的意志努力幹去，名譽的好壞，大可不計。為「名譽」而努力的他不一定有真名譽，因為這動機就是不名譽的。有名譽的人，他是由種種偉大的努力之中自然獲得的，他在有名譽的空氣中安閒的活著，並不覺著怎樣，和魚不知道自己在水裡一般，否則他將

為名譽所累。你說對嗎？越說越遠，再說下去，恐會連自己都莫名其妙起來，連你也沒有精神看下去吧！請了，祝你快樂無疆。

你的好皮克

二十九

我至愛的瑜：

接到你病癒的消息，我如大將得到破滅強敵的捷音一般的愉悅。我祝賀你永遠是勝利者，別教那病魔又將你征服了啊！

久別之後，覺著光是通信還不能使我那軟弱的靈魂有所慰安，很想生出一對翅膀來，突然無聲息的飛到你身邊，使你大大的駭異，驚喜，但這幻想終於是個幻想。可是現在啊，說不定真會飛到你身邊啊。因為交通大學一位朋友回南，他的乘車免費券裡可以多填一個名字，他已經允許我同行，我真的非常感謝他。

學校已開學幾天啦，我雖依然很忙，但我顧不得那些，臨走時請人代理就是。校中沒有什麼大變動，只有那未曾結婚的何學監因為肚子大了辭了職，國文教員周先生拋了他的故鄉的妻兒和密司姜在暑假中同居了，自然，本學期他們不再到校了。還有那陳學監的女兒的愛人有人看見他在舍監室和那未來的岳母在操體操，這都是和我同

鄉的學生由住堂的學生處探聽出來對我說的，其實也算不了什麼。

黎校長臉上有圈圈，駝背，笨重的身體走路時隨著腳步兩邊旋轉的，那副尊容你沒忘記吧？你常和她接近的那廖某，她是年輕貌美，誰都沒想到這兩人中間會發生有趣的故事的。

星期六的晚上，學生們有的回家了，有的出去逛去了，那廖某卻在校長房裡坐在他的腿上補化學，給一個姓林的闖著了，哈哈，他那件整潔的外套恐會永遠的留著摺痕吧！這事本不值一談，不過他是維持風化的首領，他是整頓校規的校長，他可以獨自那末和學生補化學嗎？但我也很能原諒他們，因為那廖某學膳費著實無法付清啊！再，我覺著戀愛之國裡是無奇不有的。誰說校長臉麻背駝，但這中間也有女性能體驗出他的美的。誰說周先生鬍鬚多，鼻梁高，密司莫粗魯，骯髒，但他有他的美，她有她的美，那正是所謂「情人眼裡出西施」。我只覺著那奸滑有曹操臉子的，的確不可愛，但這也許是我的主觀，因為曹操他也有愛人和知友啊！

在本月裡這恐是最後的信吧！不，在動身之前，我還許寫幾句報告你的。

夜深了，頗有涼意。月是皎潔的冷靜的在天空中旋轉著，星兒也稀疏的無精打采的在閃爍，四壁的昆蟲不斷的唧唧，好像詔示我現在是深秋了。何處無月呵，何處無鳴蟲呵，恐怕到了嘉興以後的我，不會有這般的懷想吧！

你的好友皮克

三十

我的瑜啊：

這幾天我真是發狂了，我假借名義向同鄉處借錢，對那些不十分知道我的朋友說我急急於要錢治病，東奔西走，七借八湊，幾天之內公然籌集了一筆可觀的款子，我將一部分買了些上等鹿膠，高麗蔘和一些北京有名的出產，我將這些做見你母親時的禮物。不然空手空腳的由遠道來看她老人家，這像話嗎？

我真是瘋狂了，現在我真是瘋狂了。我不知怎樣心裡會那末急躁，只想馬上就飛到你身邊，彷彿沒有立刻飛到你身邊就連吃飯，睡眠，甚至寫這封信都覺乏味，都覺無意義似的，其實在你身邊又將怎樣呢！假使不認識你又將怎樣呢？人啦，你怎會使我心靈這般昏迷顛倒啊？

飛呀，飛呀，穿過那濃雲，繞過那疊障，飄過那急流，一切山，川，雲，霧，塵市中的建築，盤旋於工廠的輕煙，一切，都在我眼底電閃一般消逝，遠遠的那叢林的深處一座幽靜的瓦屋呈現在我眼前，我在那瓦屋上的空間翱翔，我看見回欄的枯枝旁一個年輕的美女含愁的倚欄遐想，我一上一下的，筆直的，輕輕的落到她旁邊，我聽見她驚駭之後又歡忭的叫喊道：「誰呀？……哎呀，皮克，我的……」我們沉浸在甜蜜的抱吻中……喲，見鬼啦，瑜啊，我要後天晚上才能上火車啊，我現在怎會和你抱吻啊，我在做夢嗎？哈哈！

你的皮克

三十一

瑜妹：

僅半個月沒給你信，我預料你也就會淡然的過去，誰知你的信竟如雪片飛來，懷疑，傷感，謝罪，最後那封信還流露出自殺的念頭，我不料我自己，這般渺小的一具沒價值的軀殼，卻會有人要為我自殺呀！難道我真有值得人家為我自殺的原素在嗎？這恐怕是你的觀察錯誤了吧！涵瑜，我那創傷的心正在極力圖謀保養，恢復，這半個月以來，什麼事都不做，什麼心事都拋卻，每天到陶然亭看野景，到法源寺看和尚參禪，我的心神是多末清靜恬適啊！可是現在啊，接到你這樣悲傷的信以後，我以前費盡無窮氣力所排去的愁煩苦悶又一齊退回舊壘了啦。我本想從此不過於愛你以自苦，但那戀愛之火卻已燎原了啊，不可收拾了啊，我只好將這殘敗的軀體葬埋在那中間罷。我的窮和忙你該知道，這次將校務託人代理，跋涉長途，雖然是為著要見你一面，也是想到你府上看看，使你母親知道我是怎樣一個東西，而我也藉此知道你家庭的狀況，居心不過如是，誰料你們會拒我在數十里之外啊！雖然到了你們那市鎮上便算有礙風化，但只圖一晤，難道對於遠來的我也絕對不能變通辦理嗎？你要我在嘉興的客棧裡候你，但是直候得三天才見你們來，你知道這三天的日子，我是怎樣消磨的啊；無論在白天晚上，我是坐立不安，在旅舍中只是不斷的出入，在江岸徘徊，在床上睡倒又爬起來，飯吃不下，書看不進眼，聽了那小樓窗外的枯葉潺潺的響著，看了那遠水中的一葉扁舟，萬千的悲感都集在我心上。瑜啊，我若是失了魂，我便不會覺得旅況的淒其的。若不是為著跋涉之難，我恐怕等不了三天就會跑上次家的道路的。孤寂愁苦且不管他，可是旅舍的開支並不算小，箱裡的錢包一天一天縮小，人地生疏的我，隨便什麼都要吃虧上當，懷想著那遙遠的歸程，你想我是如何的恐惶呀！

在旅館裡要我搶著去付你和母親，弟弟和我自家四個人的五六天的開消，實在是啞巴吃黃連，打腫臉做胖子的事，但這且不必管他，你母親弟弟的土話我是一句不懂的，你當著我又只是靜默，生怕多和我說幾句話便算失了節一般，只將一幅淚眼和憂愁的面容給我看，這是為什麼呢？昏昏沉沉的五六天一剎那就過去了，為著職務關係，為著旅囊羞澀的緣故，我不能不說要即刻回京的話，而你們竟乾乾脆脆的先我就走，沒有一句安慰我的話，你想我是怎樣失望，怎樣悲哀啊！

當我送你們上船後，我孤伶伶的，頭腦暈暈的不知自家站在河岸是幹什麼，痴痴的向你們揮帽，對你們道別，看你在艙口露出頭來又隱藏了，我恨不能變個水鬼，跟在你們的船底，聽聽你們是在談論什麼，看你最後的一眼，但是那逝水卻一程一程的將你們飄去，終於那船影在我的淚眼中，在水天杳渺中消失了，我才恍然憬悟，眼睛機械的一眨，將盈盈的淚水排了出來，陌生的江岸的秋色射入我眼簾，急行的帆船一葉一葉往西流去，瑜啊，那時候種種的情緒一兜上頭來，我才發現我自家是身羈何處，我便踉踉的奔回客寓，付清帳目，提著空的皮箱，那只有五六元剩款的皮箱，匆匆搭著上蘇州的小艇，我是在小艇中將兩手蒙著臉躺在硬床上到蘇州的。在蘇州的客寓中攬鏡一照，我的眼珠是通紅了，我的眼皮是栗子般浮腫了，我的臉色是消瘦慘白了，我便關著房門痛痛快快的嗚咽了一陣。一夜糊糊塗塗的過去，第二天絕早就搭車到常州。因為常州有我一個失業的窮朋友，我想到了他那兒再說。可是在常州，因為種種不方便，依然落在旅館裡。在那裡住了半個月，安安靜靜的病了一場。剩餘的款為拍電到京籌款用掉了，零星的開支都由常州朋友借來給我的。挨了不少的日子，我那朋友看見我收到兩次由北京寄來的款不夠付清旅館中的費用，這樣下去恐怕是即令能夠付清旅館中的費用，路費是沒指望的，於是，他當盡他的衣服，我也押盡我比較值錢的東西湊足二十七八元就趕緊搭車回京。這次南行，總計費時一月半，用錢一百八十餘元。

回京後滿想在學校裡跬步不出，努力圖物質與精神兩方面的恢復，可是回校一看，我的職務校長已另聘人擔任，聽說那緣故是因為我拋棄職務去會情人。至於我請的代理人，校長始終沒讓他代理一天。受了新的打擊，於是我又病了。於是我負了重債，而且職位被革，所以我迎來的心情是非常的頹喪疏懶的。這就是我半個月來沒寄信給你的原因，請你曲諒些兒吧！

以上所述的種種本算不了什麼犧牲，損失，為著戀愛，這點點磨折是應該受的，但是回顧我未到嘉興之前，和你把晤之後與乎目前的景況，我終覺著犧牲太大，而更大的犧牲，就是我那有限的淚泉簡直乾涸了，我受了這種犧牲，受了社會的這種待遇，而你卻只是深深的躲藏在舊勢力之陰影裡沒有絲毫的勇氣來和我握手，我想遲早終歸會被拒在你的愛情的圈子以外的，我寫到這裡，我的心兒碎了。

皮克的情書 

塵土飛揚的都門，使我無絲毫留戀的餘味，我看不慣曹操的臉子和神像的面孔，我尤不願將自家流浪的情形使人們看得稱快，我想在十里洋場的上海，人地生疏的上海流浪下去，我要在那兒過著新鮮漂泊的生涯，流覽些陌生的曹操臉子，我是勉強在活著的人，渺小得不為人類所看見，那或許不致再被革再受踐踏吧。涵瑜呀，你願意我距離你比較近一點兒嗎？請告我。

此後賜示請寄報子街蘇君處。

你可憐的人皮克

三十二

瑜妹：

沒有什麼能驅逐盤據在我心腦中的煩濔與焦憂的，除了你的信，今天收到的你的信。不過這又使我痛苦，因為你的信，我又流了一回淚啦。你說你天天對母親哭著吵著要到上海去，你母親竟然答應全家搬到上海去，這不是使我感激涕零的事情嗎？我們到了上海之後，我雖不敢到你家裡去，你總可以偷偷的來會我幾回吧，就是彼此通信也可以少耽擱些時光吧！

我覺著痛苦也有趣味，漂流也有趣味，雖然最近一位同鄉熱心的替我找著了一個小職位，但是我對北京恨透了頂，我已決心到上海流浪去，我現在已買好了到上海的輪船通票。同行的男女有五六人，目的都是進一個不花錢的××速成學校，校址在法界×××路，不管那校的情形如何，但我只取它不花錢；到校之後再看情形吧。我們準在雙十節，——曹錕登基的這天晚上起程。

瑜呀，新的生活在等候著我啦，是樂境是悲境我全不打算，我猶如上了另一個戰場，在新的戰場裡是不知敵人的槍彈從哪邊打來的。我不怕敵人放的是什麼彈，我即令中了彈，我還得往前進，倒在哪兒便哪兒是我的歸宿。我現在覺著生趣油然，好像前途的希望在招引我似的。我毫無牽掛，一身覺著極其輕快，精神也有說不出的充足。總之，一切在我都變了一個形相，我們的戀愛在這時止也可算是一個時期，或者就將以前的戀愛帳一筆勾銷，我們從新戀愛起。換了戰場，換了環境，也換了一付精神與觀念不可以說是從新戀愛起嗎？

瑜呀，新生活就在我們的眼前，我們準備在新的戰場中重行握手，都門呵，永訣了。

你的靈魂皮克

三十三

我最愛的瑜妹：

我剛到上海的學校，你的兩封信卻早在那兒等候著我，你真是太性急了。你難道不知道我是搭輪船嗎？你的信我看了又看，晚上躲在帳裡還不斷的看，微寒襲人的殘秋的晚上，在清靜的寢室中的帳子裡，迎著那射進來的半明半暗的電光，由溫暖的被裡伸出頭來慢慢的一行一行的玩味著你寄來的兩封信，你猜想我是怎樣的安適快活啊！我追想在北京和你追隨的情形，黑夜中在中央公園的荷池邊的樹林中匆忙的吻抱的況味，恐萬萬不能過此吧。瑜啊，你說你們準下月動身來滬，我非常的歡喜，我想你最好也進我這一個學校，將所謂「師徒」變成個實際的「同學」，我想我們的青春絕不像留京時如耗子般的消磨過去的。

學校方面對我們頗優待，除免收學宿費外還有供給伙食的消息，這因為校長在京招我們來是想畢業後好替他做事啊！至於功課呢，雖還沒上課，但沒一門合我的意

的，好在我並不專為學那些玩意而來的，我不過借這學校為宿舍而已，我還有別的重要的打算。戶外的汽車「哆哆」的聲音漸漸的稀少了，「滴打」的時鐘悠悠的敲了十一下，瑜呀，我們在夢裡再見吧。

你的哥哥皮克

三十四

涵瑜：

已經是初冬了，自從接到你前次的兩封信到於今沒拜讀你的隻字，你是在收束家務嗎？是在檢點行裝嗎？或者你的信在郵差手裡失掉了嗎？或者還在途中傳遞嗎？我整天的期待著，期待著，但是既不見你的人來也不見你的信到。因為不知你的行蹤怎樣，十幾天以來寫給你的幾封信終於不敢付郵，撕的撕了，燒的燒了。瑜啊，因為得不到你的消息，我的精神又呈現著萎靡頹廢的狀態，正如空中的雨滴，只是沉沉的往下墜落，精神是如此的消沉，而物質方面又漸漸感到困苦，我想翻譯點兒童文字去騙幾塊錢免得將現在正用得著的舊大衣押去，然而照這情形看來，顯然是辦不到的了。瑜啊，你沒有消息傳遞給我，也始終不到上海來，往後，我的消息恐只有增你的愁懷，你盼我振作的期待也恐會歸於幻夢，我其所以致此之由，你也該任點相當的咎責吧。

在京接洽好的幾位允許源源接濟我的朋友，也至今一字不曾寄我，家中雖來了

皮克的情書 

幾封空頭鼓勵我的信，徒然使我憧憬著龍鍾的父母在窮愁中度著殘年的苦楚，白日裡的一切紛紜的色相徒然使我達於極點的沉悶，在夜裡通宵的輾轉只覺著冬夜的漫漫，靜聽著窗外的簌簌的寒風與庭前的蕭蕭的落葉，那落葉就彷彿是我的生命的象徵，瑜啊，什麼都消寂了，我如木槁死灰，僅餘著一顆微溫的心還在勉強的期待著你，歡迎著你啊！

不過，瑜啊，我覺著人生一切都是虛幻，有時候我覺著自己淒切孤伶，但有時候我卻能從那「淒切的孤伶」裡找出些味道來，因為像我這種賤骨頭愈是日子過得太平安適，我愈是沒長進，甚至會墮落到不可收拾的。生是戰鬥啊，不去戰鬥，生是沒有價值的，我認定這是人生的實際，我覺悟過來我之所以要到人地生疏的上海來的用意，我何必再呶呶的向你呻吟呢？去年的今日我是如何的有錢用，有飯吃，有衣穿啊，然而那於我又有什麼呢，我哪會料到有現在這般困窘呢？將來是不是這般困窘下去呢？這不都是虛幻嗎？這種種虛幻不在淒切孤伶的時候能體驗出來嗎？

你接到這封信必定心襟坦然的，不然，那就失了我的本意了。再會。

你的摯友皮克

三十五

涵瑜：

星期日的靜如禪寺的校舍中閒坐著的我，腦中正不知道有多少愁思在這裡洶湧。看看那些男女教員一對一對的出去，無事忙的朋友們都成群的直往街上跑，聽聽那校門口啞著嗓音的賣杏仁茶者的叫喊與呼黃包車夫們相罵相打的聲音，我不知道自家分成了多少片段，我幾乎又要將那不值錢的眼淚流出一些的，驀然窗外一位同學向我叫喊：「嗨，密司特皮克，有人找。」

我大大的一驚，我到上海已經一月了，整天孤寂的悶坐胡想而外，偶然和人家周旋的都是一些新交，我哪會有人找呢？我張開口睜著眼的問道：「是怎樣的人？」

「女的，好像是學堂裡的，嘻嘻，還不快去！」

我失神的慌張的往外奔，我來不及撣撣身上的灰塵，擦一擦破皮鞋就往外奔，我明知道這幅模樣無論怎樣收拾也美不起來，我沒有方法，心中就只祈禱著那來找的

是你，幸而我的祈禱成了功，不然，我再沒有第二條出路。瑜呀，你怎會忽然來了的呢？

學校裡沒有好的會客室供我們暢談，這飯廳式的客堂一有了女人，就會有許多不相干人不近不遠的坐著，看著，旁聽。好像他們知道我是曾經被革的趕出都門的人一般。終於使你也坐了不久便走了。我送你出門時痴痴的瞧著那黃包車無情的將你運輸去，我是多末的悵惘呀！校門口除幾條懶狗垂頭卷尾的躺著而外沒有半點生物的動靜，遠處的幾枝枯枝僵直的如同聳立在霜花的月色裡，更有那急馳的車夫在灰塵中奔走，如煙如夢的浮晃著，我彷如看把戲一般痴呆了，若不是記取你贈我的一大包黃豆還留在客堂裡，我不知會在大門口痴立幾時呀，痴立幾時呀！你的那黃豆非常的清脆可口，我時時刻刻的咀嚼著，雖然有那末一大包，我還是一粒做三兩口吃。尤其可笑的，我竟不肯分半顆給我那些所謂朋友吃的，尤其可笑的，在晚上睡覺的時候，一粒一粒由枕邊掏出來，一嚼一縈思，當縈思極其玄遠時，不知不覺那豆兒失了蹤了，我也就含笑的入了夢。等醒了在被裡觸著它時，又如孩子獲了珍寶般的將它塞進口，呵呵，只有孩提時母親用小豆兒賞賜我，撫慰我，我也這般珍惜的細嚼著聊答慈母的恩惠。除了慈母之外就只有你是這般安慰我，就只有你是這般安慰我啊！

本星期內我們總還有一回筆談或面談吧，雖然往後聚談的日子那末的長。

你的愛人皮克

三十六

涵瑜：

昨天早上剛吃完稀飯，你就來了，手中又挾著一大包，打開一看，是一件米紅色的絨繩褂，一雙手套，也不說「送給你」，也不說別的，只將這大包向我身邊一推，還暗中塞進我手裡一個小紙包，打開一看，裡面卻是兩張十元的鈔票。涵瑜，這時候的我的情緒不知是怎樣的錯綜，我的心弦不知是怎樣的緊張，總之那形容不出的感激與自傷。那表現不出的哭與笑，簡直把我的心神弄成惝恍迷離了。我只要你能來看看我多談一刻就感到無窮的幸福的滿足，我好意思接受你這隆重的恩典呢？

從昨天造成現在，我的心念中只是蘊蓄著一種分析不清的意義，難道我那瘦長的身軀，落葉般的臉色，呆直的眼皮，無血色的嘴唇能夠誘惑愛美的女子，我這懶散頹喪的無價值的靈魂能使人迷戀傾倒嗎？瑜啊，我深信你這舉動裡至少帶點慈悲的憐憫吧，我需要的是什麼啊？是物質的慰安嗎？如果是，那我真是太墮落，你也是不能生活獨立的人，那你也就太自苦。盼你以後別再這樣賙濟我啊！你說你已經得母親的允許在一個男女同學的和我這學校性質相同的學校報了名，下星期一就可以上課，我非常的喜悅。飽食暖衣專在戀愛裡打滾，究竟不是生活的正軌，大家努力前進吧。

聽說法國花園很好玩，有山有水，你下次來，我們吃過午飯同去一遊好嗎？我想在那花園中，我們攀援著樹枝，爬過一級一級的崎嶇的石砌，站在那小山的絕頂等候著皓月的東昇。

皮克

三十七

瑜妹：

在這群蚩蚩氓氓的同學中過日子，達觀的我，終不免於有時候心情被攪擾得極其繚亂的。這是上星期日早上的事。

「你忘記一件事。老皮。」范君慎重其事的走來說。

「什麼事啊？」我也認真的回問。

「嚇，今天是禮拜日，你的愛人馬上就會來。這時候還不剃光鬍鬚嗎？」范君說著引起旁人的一陣謔笑。這是每週照例的功課，本已味道索然了，但他們還是努力的津津的嘲笑著，我呢，也從不因此表示過一點厭惡，到了極無聊的時候，不過冷靜的微笑著，將一團不高興輕輕的壓下去。然而他們卻定要在這種嘲謔裡表現他們的天才，話匣子似的向我盤問，那時我正在吃稀飯，我指著同席的陳君說：

「我是素來不齒那些鞠躬盡瘁來取悅於婦女們的，我每星期刮一次臉這算什麼？他每星期刮三次你們將怎樣的批評呢?」

「我沒有愛人，隨便刮多少次臉也不要緊。」陳君大不以為然的反辯。「那末，難道你就不是想修飾得漂漂亮亮去找個愛人嗎?」我笑著說。

這就使他那面孔板起，凸起的藍色的脈絡織成錯綜的河流，他終於憤怒的立起來，將手翻轉，把那手中還有半碗稀飯的碗砸得粉碎，稀飯與碗片紛紛的向四圍飛濺，他罵了一聲「混蛋」就紅著臉走到窗口立著。

「老陳，你對我砸碗幹嘛?就是我說話太唐突，也不必動氣啊!因為我這句話使我動怒，砸碗，我真是心裡不安得很，抱歉得很!」我斷斷續續的鼓著勇氣說，那眼淚一齊湧到眼眶邊，僅僅沒有流下來，因為許多的眼光集中在我臉上。這時，那禍首悄悄的走開，飯廳裡充滿著不和諧的冷靜。各人也就都把那話匣子收起來，無精打采的走了。

陳君的姣好，和藹和一切，都素為朋輩稱道的，他和我尤其要好。然而這究竟是怎麼一回事呢?難道過於親密反而跑出禮貌之外像至親骨肉之間一樣更易發生糾

紛嗎？這真是意料不到的事。或者他是為著別的憤惱急急忙忙找著了這條出氣的路道吧！

從此我們不再交談；同桌吃飯，或在路上相遇，總是各人低著頭連目光都不偷視一下，合定的一份報也只有他一人懶悠悠的翻閱，都像失群之鳥，失了常態，我們之間，儼然豎著一座牆壁如巍巍的喜馬拉雅山分隔了歐亞。素愛沉默的我，平常已飽嘗著淒切的孤伶的況味，唯一的陳君又對我如此，涵瑜啊，所謂「知己」對我是這樣，世界是如此的奇離，像我這種無力的庸奴，只要宇宙不毀滅，我終有給濃煙硝霧毀滅的一日，我真生活得夠了夠了。我只有在夜闌燈柵時躲在清冷的薄絮中向自己的心靈訴述那無邊的哀怨。是的，我是這光明輝燦的宇宙中大殺風景的厭物，早就不應生存於斯世的，我的平心靜氣的語音，我的謙恭的笑臉，一切，徒然暴露自己的醜惡罷了，我憎惡自己，我想毀滅自己，我簡直不願在人煙稠密中悄悄地占去空間，但願悄悄的死去。我於今沒有靈魂了，如殭屍一般在黑夜中的孤寂的深林裡躊躇，黯淡與陰風籠罩著我，看不見一切，聽不見一切。呵，沒有我了，我是渺小得至於看不見的灰塵，當載重的車輪壓下時，我擠到那邊，當禽獸之巨足踐踏著我時，我又逃到這邊，終於無可遁逃時，天啦，你賞我一陣微風，把我吹散了吧！把我吹散了吧！

瑜，這點小事本不打算告你，因為寫些這樣的話也許是使你討厭的事，但我不知如何還是說給你聽。為想消滅這一種內心苦悶的緣故，我才想出個遊法國花園的方法來，可是一出了花園，在你去後，那種種苦悶又洶湧起來了，瑜啊，我真不想再說什麼啦！

悲哀的皮克

三十八

親愛的瑜：

一切的事要在一種頂了解的情緒之下才能下結論，定辦法。你說你的朋友看見我在外面追女人，又看見我常跟女同學女教員到外面去。不管是不是你設詞探聽我，我不妨將我所知道的告訴你。關於前者，上海灘上男女雜沓，是誰追誰，很難一目了然，暫且不說，至於後者，確有其事。在無聊極了的時候，她們邀我出去走走，要去就去，要到法國花園就到法國花園，要在校中和我談談就談談，這不是祕密行為，鬼頭鬼腦，算不了什麼。談得對勁就多說兩句，談得不對勁，就罵她們兩聲，或者一個人衝走去了，也是常有的事。橫豎我已經有了愛人，足以自傲，在情場中曾經受過一點磨折，在她們中間簡直是老氣橫秋的。

那個姓姜的跟我從北京動身時她就被一個姓何的愛上了，在船上，他替她打臉水，買水果，運行李，到上海後他朝夕不離的陪著她，請她看電影，吃和菜，他們瞞不過我，雖然曾請過我，我並不曾加入過。為著她一次不了一次的請我寫英文賀年片，曾得罪過她一回，她曾關著門哭了一回，而且興奮的要進商務印書館的英文函授學社。不過因為我後來還是和她談談，那進函授學社的計畫也就無形取消了。

那個姓林的是經姜幾次的介紹才慢慢的談起來話來，顯然她是我的同鄉。混熟了之後，我曾被她請到臥室裡坐。她是小學部的教員，又還教外國女人的國語。她很憐惜我的景況，但我絕沒有向她借過錢，談過半句與愛情有關的話。雖然她曾問過我的家世，我的年齡，我有沒有結婚，有時請我幫她理絨繩，趁著機會說些牽絲攀藤的隱語，我卻是「一刀兩斷，兩刀四斷」的將她的熱情消滅了。末後為著她請我教英文，自己卻常常缺席，終於給我說了一回，她也痛哭了一回，於是英文也就不學了。總之無論怎樣的美女，她們的矜持，驕傲，在我簡直失了效力。我是不肯低首下心於歸女之前的，何況是她們。我生平頂恨情書中有「你誠實的僕人」那句話。一個男人要用逢迎諂媚的手段去博女性的歡心，那便是欺騙引誘，真正的戀愛中能有卑汙的「逢迎」「諂媚」嗎？因為你常常對我有無聊的妒嫉，有人向我建議說：「戀愛女人，有時不可不有手段。」那言外之意彷彿就是先騙騙女人的錢用，再騙到手她的肉體，然後她便死心踏

地的愛著那男人，男人即令有些地方不對，她也只能聽人家的操縱。涵瑜，你看我是不是這種謬論的附和者啊。想你一回想我兩年來的種種，你該了解我，你該會少妒嫉我一點的吧？

星期四的下午，我想來看你，請你在校中候著。

你的皮克

三十九

我愛的瑜妹：

前次我對你說不必耽誤正事來寫信給我，其實我何嘗不盼你的信呢？我用這極笨的方法來安慰你落得自己陷在空虛的想念之中，我為自私起見，非常的後悔。你以為我在校中常有女友相伴，你便在你的男友前故意表示親熱來報復我嗎？當我來看你的時候？如果我的猜想沒有錯，那你真太不了解我。不過也許是你對我的愛情在轉移，在變換，也許是我在妒嫉你，但是我如何能禁止你有別的愛人，我更如何能占有你呢？我並不是現在有了愛人才這般輕便的說，實在，你如果有別的愛人，你儘管熱烈的去愛，努力的去尋求以前未有的滿足，我絕不因為難堪，悲傷，孤寂，消沉而減少對於你的愛，這是我頗能自信的，一個人同時愛上幾個人絕不是不可能的。我昨天就在報上看見大約是這樣的一段記載：

一個女學生愛了一個本校的教員，同時又愛她的表兄，而她的表兄和那教員又是

好朋友。那女的為節省時光與精神起見，寫了兩封同樣的信，但匆忙中卻將封套中的信裝錯了，她的表兄接到信，很以為怪，將這事實告訴那教員，那教員也將情形說出來，大家覺著好笑，但他們並不妒嫉，友誼始終維持著，他對他說：「看將來誰是勝利者。」

我近來又接到一個落魄江南的老友的信，信中夾了三封情書，他要我將這件事做成一篇小說。言情的小說像我這樣粗魯的人是做不來的，但事情卻真有趣。我那友人從喪妻，失業以後，閒居在本省已經半年了。他說其所以能在本省閒住半年的，全因為兩個在中學讀書的族妹愛上他。那兩個女子是嫡親姊妹，姊姊是已經訂婚的，妹妹雖沒訂婚卻另有情人，她們各愛各的，並不妒嫉，在妹妹的信中便有「她——姊姊——近來對你還好嗎？」、「請你替我問你的她的好。」等的語句，而在姊姊的信中便有「那小妮子近來怎麼不寫信給我啊？難道她……」那情形真複雜得很，將來你一看就會知道的。尤其妹妹的信中「他」、「你」都赤裸裸的寫出，那裡面絕無一點虛偽的話，令人想起真正戀愛的神聖。瑜啊，我的戀愛觀是極同情於她們的，倘若你永遠的愛我自然非常的感謝，若你還愛他，他，雖則我受了打擊，悲哀到萬分，但我卻不能反對你，阻撓你。

瑜啊，我悔不該到你學校裡邀你看電影，但邀你看電影卻是一種手段，出自某種動機。不過我即令不邀你去，我哪能禁止自己有那種動機呢？我是活的人，自然的人啊！我為什麼不邀你去呢？看著那銀幕上半裸體的男女在甜蜜的吻抱。我們在黑暗的角落裡為什麼不偷偷的輕快的吻抱呢？我為什麼不用手指刮你的手心，按摩你的乳峰，你的……呢？我絕不以為這是輕狂的。你的手心不是溼滑滑的嗎？帶點顫慄嗎？心房在撞打嗎？頭啊，身啊都緊緊捱著我嗎？讓我怎樣嗎？然而我問你：「到別的地方去玩玩嗎？」的時候，你卻裝痴痴呆呆的說：「到什麼地方去啊？」我說：「到……到……幽靜的……」這樣的說不出口，你還不明白嗎？瑜，我不以你是害羞，是桎梏於禮教之中，你是男性的玩弄者也說不定。

這樣深的我的心中的缺陷，在費盡精力還得不到一點滿足時，我一面感覺著無限的虛空的沉痛，一面又感覺著時起時滅的羞慚，終日頭腦昏昏沉沉，處在兩種情緒的交戰之中，再煎熬下去，我準會生病，準會大病的。不過我有時又覺著自己不對，當我起了那動機，漸漸的在逗你時，我又在心裡划算：唉，可憐的瑜啊，你的朋友在引誘你，在進行毀壞你，你是多末的精緻，多末的美麗啊！你應該珍惜你的童貞，男子是靠不住的，你能知道我準和你相偕到老嗎？我知道你需要我和你偕老嗎？我能知道自己靠得住嗎？如果誰有那「從一而終」的念頭，我們對於「一」還是審慎點好。……我這樣一懷想，我又感謝自己並沒再按著那欲念去猛進，又覺得我自己還不算怎樣的不知恥，不應該無故的羞慚。

總之，我現在的心情非常的迷惑，紛繁，矛盾，我對於你起了那念頭，真侮辱了你，真對你不起，以後不敢了，不敢了。我們恢復原始的我們嗎？

你可憐的皮克

四十

涵瑜：

我總盼你有那末一天能了解我清清楚楚的，如若不懂得我，我要你愛要你送我東西或種種的體貼幹什麼。沒有人來理我，看我，我頂多是想念人家或惱恨人家，但有人來後卻給我以重大的難堪，無盡期的創痛，我卻不十分情願。雖然生活太安定太平常沒有趣，時時起一點波浪也有意思，但殺頭大概也是很有意思的吧。

昨天沒料到你會來而竟來了，頭髮衣服都給雨淋溼了，臉孔板起，一見我就說：「你做得好事噢！你做得好事噢！你到底在外頭幹了些什麼花頭啊！」這突如其來的嚴厲的質問，令我愕然的無從答覆起。你把那封信丟在我前面就衝走了，簡直不給一個解釋的機會。我只有哭，我只有將悲哀毀滅我自己。我是不值得你如此逼迫我的，我應該努力的趕快把自家消滅，免得你再這般的為我勞神。近來為磨練自家，束約自家常常話都不愛和人家說，也不和任何人出遊，只孤獨的坐在書案旁看些英文，譯些文

字，不顧腰駝背脹，頭腦煩紛，晚上成了個不眠症者，然而我卻自以為能領略孤寂窮愁中的味道，以為勉強可以對得你住的，誰料到你還以為我太過分的在生活著，我知罪了，我知罪了。

那封詞句不十分通達的匿名信，我已仔細的拜讀過了。句句是實話，我是流氓，地痞，癟三無學識，寒酸，已經騙過女人的，這都是實話。他要你謹慎，免得上我的當，他這般的關注你，指點你，我是如何的感謝他！因為他的信，竟使你明白過來，不致上我的當，我更感謝他，而且感謝你！除了感謝之外，我是沒有話可說的。我要取消這信開頭的那句話，我不願你有了解我的一天，我不需要你的了解。那有什麼用呢？我不敢再向你那裡要求一點安慰，因為這安慰徒然延續我那討厭的剩餘的生命。我只盼有人為我唱著葬歌，吟著死曲，或是寂沉沉的將我裝進墨的木匣裡，四堵木牆把我眼睛擋住，那石膏炭末緊緊的將我耳朵塞住，這時候，我快樂了，滿足了，這是真正的新的生活，天啦，這生活該離我不遠了吧！夜深了，催我別太發憤了的朋友們都用鼾聲陪伴我，此外便無一點聲息。我戀戀不捨的，從書案慢慢的移到床沿，我將枕頭墊在床欄上將頭擱上去，將薄被圍著全身，把電燈滅，我準備幽幽靜靜的，縷縷的想它一通宵，靈魂在渺茫的冥暗的黑夜中漂遊它一通宵。

四十一

親愛的涵瑜：

好啦，從你接到那封譭謗我的信以後，你竟還接了兩封匿名的情書，筆跡和從前那信一樣的，現在你還責罵我嗎？你明白了從前那信的用意了嗎？我現在不管你對於那匿名的情書的感想是怎樣，總之我對於你的內疚總算減輕了一點。

你說下星期日將兩封信拿給我看，那可不必，你高興就把它留著，他寫信給你，總算是愛你，你無須憤怒的怨他，大家都愛你，這足見你是十分可愛的，那寫信的人我想你該知道是誰，如果絕不知道，那便更有趣。每天吃了晚飯，既怕冷又找不出愛做的事情做，只好一個躲在被裡玄想，玄想的事也是時時刻刻玄想慣了的，無論怎樣想也終歸是個玄想。不過那種玄想也許耗費了你一點精神和時光也未可知，我不是你，固然不敢決定是如此，然而女子的心裡我不相信絕沒有那種玄想的。既有那種玄想，為什麼不求滿足呢？生活便是衝動，一切的衝動便出發於欲，有欲才是人，要滿足他的欲才是勇敢的人，人類啊，那怕談得欲的虛偽的人類啊，你們真是卑怯的東西！

你說母親要回鄉去料理家務，你不同回去她能放心嗎?哈哈!大風大雪，街上那些籌備過年的人還是那末熱鬧，我卻只在冰冷的薄被上加蓋幾件零星衣服，那爆竹呵，那惱人的爆竹呵，還沒到年關就把我的心炸成粉碎了啊!

孤伶的皮克

四十二

涵瑜吾愛：

想不到我們竟有這末一次。這恐怕不能不感謝你母親的回鄉吧！

我的靈魂現在是充滿了獲救的甜蜜的感覺。最困難而又最柔嫩的事情，總算幹過了，玄想已不成其為玄想了，現在我能夠微笑著聽那喧囂的臘鼓，欣賞著天空中的開花爆竹了。我好像徵服了倔強的敵人做我的俘虜，我感到不可名言的高貴。當你剛來時，我就覺得很驚恐很顫慄，我探悉你的母親已經回去了，你已經住在學校裡了，我在心的旌搖之中不管一切，決計邀你出去。那時我的頭腦是昏昏沉沉的，等你答應了，已經走出門了，我覺得已出了危險似的，漸漸腦筋清楚起來，精神振作起來，不過有時又覺得自己無恥，覺得人家一注視我們就非常的膽怯，不過無論怎樣亂想，那腳總非走不可，臉色雖是很苦悶的樣子，然而我卻將那事應該怎樣辦，前前後後的想了一番，已經胸有成竹了。

你呢，只是低著頭，紅著臉，賊一般的好像要將頭躲到我的身後似的挨著我瑟縮的走，那時我已完全認識你的心了，我不禁憎惡我自己，哀憐你起來。假使你在我身邊扯我一下，說一聲「不」，你的話是有力的，我會服從你。但是，你不那樣辦，實在的，你也不想反抗我，你也再沒有像那天這樣熱情的了。你終於跟成我匆匆忙忙的跳進了那家旅館的後門。

到了房裡，關上了門，你開始哭。臉脹得血紅的低著頭哭。我簡直驚惶失措了，居傲的我在你的膝前跪了半天，你恐怕也不知道吧！涵瑜啊，你依從了我，我那時也不知道感激，也不覺得我是勝利者，對你應有那種的權利，我只感到你的青春，你的處女美，你的難攻的德操，都給我毀壞了，我只感到我們是已經熱烈達於極點的一心一意的相愛著了，回想過去，推測將來，我只有和你偎抱在被裡伴著你盡情的哭。

你回校之後，身體舒服嗎？身體沒有什麼大變動嗎？將來母親回上海了，她如果發覺了，你也用不著害羞害怕，如果她逼迫我們，我們索興同居起來。至於同居的開支，自然要先籌劃每月的收入。昨天我聽說我的一個同鄉到了上海，我馬上去看他，他是一個公司的經理，在京時，他非常的關注我的，我將苦楚的情形對他說，他極願

替我設法，他說謀個五六十元一月的事很容易。我想將來倘能如願以償，兩人同居是不成問題的。我寫到這裡幾乎要手舞足蹈起來。在愛河漂流著的我們，已經備嘗風波與辛苦了，可是風波越大卻彼此越擁抱得緊。魔障愈多，我們愈是小心，愈是老練，往後只要彼此遇事謹慎力求諒解，康莊大道，許就在眼前也說不定的。瑜啊，我現在非常的快樂，我背誦一首詞給你聽聽：

我不是輕輕宋玉年，豔豔潘郎面，合上你不是臉泛桃花，眼角情絲綿，好姻緣，(?)可不是一對神仙下洞天，顧影空相憐，更添上愁腸萬轉，百樣迴旋，像這般那能支持到幾十年。只要雙心戀，急起直追莫誤延，何怕故障堆堆砌眼前，人定勝天，自有一帆風順水推船。

你的親愛的哥哥皮克

一九三一年五月四日

（《皮克的情書》，一九二八年七月上海現代書局初版，現據上海現代書局一九三二年五月四版排印）

平淡的事

平淡的事

最近我認識了曾醫生，雖然還不曾知道他的名字。那是因為幾天前由北平來了個窮友，一個危險人物，危險到什麼人都不敢惹，沒飯吃沒衣穿，也沒屋子住。在革命成功以後，忽然發現這位十年不見的老友，竟還活著，我是多麼高興啊！我想在僻處賃間小房好使他安身，也想以九牛二虎之力隨時接濟他一點生活費。我替他找了兩天的房子，在一天傍晚，找著了一個掛眼科牌子的醫生家的一間後樓，即刻就叫我那朋友搬進去。當時，我雖然是和那醫生講的房價，又交給他房錢，又向他擔保我那朋友是十分靠得住的，但在暮色中，匆忙的我實在沒有暇豫的心情去注意他，我不過記住了他的前門兩邊的白牆上寫著，「照原眼科，」也彷彿記著這醫生是姓曾而已。翌日，我那朋友走來和我談天。

「昨晚那個房東走到我房裡向我借一塊錢買米，嚇嚇嚇！我說：『我也是靠朋友維持，實在窮得很，如果有，塊把錢是不算一回事的。』他不知道要怎樣才好，空了好久，他說：『你那個朋友倒是個好人噢！』末後，他又說：『今晚我難過得很，夏先生，我們到小酒館子裡去喝兩杯酒吧！』我說：『不必吧，我不會喝酒。』他說：『我們喝米酒，不傷人的，十四個銅子一斤。』我一個人也很無聊，好，我就同他去了，在街尾上一個小酒館裡，他要了兩斤酒，又買了三個子一包的黃豆，於是兩個人喝起來。他講他的近況，講他的歷史，他說他是瑞澂的學生，瑞澂是前清兩湖總督，嚇嚇嚇！這個人談起話來很有味。」

「噢，剛認識就向你借錢，這樣的冒昧——哼，總是窮得沒有辦法啫……——借不著錢倒還請你喝酒，在這一點上我覺著這個人倒是真有點味——現在這塊錢不知道有了沒。如果我有一塊錢，我可以送給他的——明天晚上我們請他喝兩杯酒好嗎？仍然在那個酒館裡。」

「好，好，明晚我在家等你就是。」

第二天，我到曾醫生家裡去，我在微光中找來找去，不知如何始終找不著「照原眼科」幾個字，我很駭異，但是看見前門的牆壁兩邊有白粉的一幢房，「大概這就是的吧！」我想不管一切，我就走進去。不消說，我是懷著「連一塊錢都得向生朋友告貸，貧窮到這樣子！」的心情去的，但進門一觀察，也不怎樣使我失望。那客堂間也點著洋燈，燈下也有兩個老媽子似的顧客請他看眼睛，靠窗也陳設一張只開了兩道裂縫的桌，東邊牆下也擺著小圓臺，臺上也擱著好幾瓶藥水，臺邊還有兩個一隻腳都不短的籐椅，點綴在壁上的暗黃的字畫雖然都往下捲起來，也還勉強黏得住。至於他本人，也戴著遮陽帽，頸上雖沒有領帶之類的東西，身上卻穿著呢大衣，舊靴子上也蓋著呢布，一見還知道他是穿穿西裝褲的，他手中拿著揩眼睛的棉花，一見有人推門，就臉色蒼白起來，知道是我，才浮出微笑，輕著腳步走近我，低聲的溫和的說：「夏先生在家。」

我微笑著顛顛頭。便往前面走，眼睛從板壁縫裡看進那後房，看得出那裡面有木板搭成的床，床上坐著一個老太婆，也還有一座舊藤床，床邊有個三腳椅，除此以外還有許多數不清的家具，總之，決計沒有一件是應該丟到垃圾桶去的。上樓時，我循環的默誦著：「難道真一塊錢沒有嗎？——這江湖醫生——這騙子。」

在後樓，我不耐久坐，我們就下樓，走過客堂間時，老夏指著我對那醫生說：「曾先生。我們又到那個老館子裡去喝酒吧！這位黃先生他請你喝酒。」

「不敢當，不敢當！」他像沒骨頭似的連忙鞠著躬，還不停的歡笑：「好的，好的，我馬上就來，請先走一步。」

他送我們到門口，口裡嘰咕著「好的，好的！」

我們走到街的盡頭，那裡不大有人走，老夏站住一望，退回好幾十步，才發現那酒館。不過他雖指示給我了，我還是不能一目就了然，因為那酒館不僅小，而且很模糊，裡面兩個桌，全用灰塵裝飾著。鋪臺上是兩盆不大令人垂涎的發芽豆，和一隻不知哪天殺的乾癟了的雞，還是整個的，櫃臺裡豎著四個大酒罈，不，其中有一個是不大看得見人的老太婆就是掌櫃的，旁邊還有一個鼻眼不分明的半大孩子。她們沒有招呼我們，我們也就不客氣，從外面桌旁的車夫身邊擠進去，占了裡面正中的優座。那孩子終於走攏來問我們要什麼，我就要了兩斤酒。一面計算著：「十四個子一斤，二四如八，一二如二，來八個子的花生米。身上的四毫錢夠開消的。再來點……」再來點什麼呢？我的眼光到處一尋找。那真不能使我一下就決定。老夏說：「等曾先生來了再說吧。」好，我們就坐著等。我聽見那孩子湊近老太婆嘰咕著：「他們是曾先生的朋友。」於是，我向老夏：「他們怎麼知道曾先生的；」老夏說：「曾先生是股東，這個店他有五塊錢的股。」

不久，曾先生笑嘻嘻的擦著手走進來了。三人就了座，我叫孩子拿酒來，又叫他

買了八個子花生米。又叫他設計來了一盆白菜炒肉絲。曾先生又擅自在櫃臺上弄了一碟發芽豆，又弄了一碟海蜇皮。於是我們交談著痛飲起來。

「在夏先生那裡聽說先生差了一塊米錢，心裡很過意不去，現在可有了？」

「不要緊，已經賒了一塊錢的米，那米店還放心我，我答應明天還他。」曾先生自得的說：「那晚不是有五塊房錢嗎？因為欠了人家的，人家知道，馬上就要去了，唉，沒有飯吃，肚子裡很難過——我們喝酒吧！」他篩了酒，舉起杯來喝。

「哈哈，你說話真有趣！沒有飯吃不僅是肚子難過，那簡直是要命的事啊！」我說。

「喝酒吧，喝酒吧！」曾先生又舉起杯來：「不要緊的我有鴻運酒樓的一張五十塊錢的股票。這酒店生意很好。我托朋友押三十塊錢；明天晚上可以成功。我還了二十，加了五塊利錢，還有五塊好多，這是借的印子錢，每月六分的利息。」他又喝了一大口酒，揀了一顆發芽豆。我們沒有說什麼，我只全神傾注他的舉動。他篩了酒，搔了兩下頭，把肩聳起來，搓著手低聲的苦笑著說：「沒有辦法。我們喝酒吧！——

喝酒真是好事情，夏先生沒有錢，我也沒有錢，我們是好朋友——這地方真好，我們要常常來的！」他說著，回頭望望後面的老太婆：「這老闆是好人，很可憐的！——她常常到我那裡看眼睛，我不要她的錢。她錢不夠，我就入了五塊錢的股。所以，我在這裡很隨便的，常常來！」

「酒倒是少喝的好，曾先生，我看你的神經刺激得太厲害了，說話也沒有條理。——你何不好好生生把你的行業振興一下，把生活維持下去？」我說。

「不行！」他搖著頭笑：「我倒楣，連這個都沒有！」他用手摸著披散的領子兩端的窟窿，「不知哪一天掉了，我上了一個螺絲，梗在頸子上把肉都刺破了。現在螺絲又俏皮，逃了！」他笑了又喝了幾口酒，忽然把腳舉起來：「你看，我這個皮鞋，底穿了，前面開了口，走起來，它冒煙。」

我們不禁笑起來。

「你每天也有多少收入嘍？」我問。

「沒有一定，兩毛，四毛，有時還倒貼。窮人多啊！」

一塊錢看一回的。一個月難得有幾次。

「像你這樣是不行的。你越是那幅倒楣的樣子，人家越瞧你不起。上海這鬼世界是全靠外樣子，不怕你本事怎樣好。」我憤憤地說。

他只溫和的笑。

「是呀，你看姚佐頓花柳病醫生，從前是甚麼樣子。這是我親眼看見的。哼，現在，愛多亞路口上半天雲裡掛著他的招牌，到處張貼了他的廣告，隨便什麼人，只要見了這廣告，他不要知道底細就會『啊，這是個著名的醫生！』如是，個個上他那裡去，三百五百送給他，花了錢診不好病，也還是去找他。為的是他的聲名大。於今他發財了。曾先生，像你，據前樓的人說，你的手術很不壞，你只要好好的把診所佈置得像個樣，把身上弄整齊點，在門口掛個招牌，在弄堂口還掛個更大的，也定一個章程，門診幾何，出診幾何，架子一挺，人家自然不會小看你，像你這樣兩毛四毛，有時還送診，有時還……那是……」老夏也說了一大篇。

他只顧喝酒，起首連忙替我們篩，後來就只篩自己的，一定要等乾了杯才說話。

「這是沒有辦法的！」他搖頭堅決的說：「他們都是窮人末！頂多只能收點藥錢，總而言之，是闊人就沒一個肯上我的門的。我會看像，我會外科，有些人我知道是流氓，綁票匪，我常常白給他們治傷。他們呢，診好了，去啦，還用電影介紹別人來，也是不給錢的。我有什麼辦法呢？——你們以為我是好人嗎？其實我也很壞的，是窮人，到我這裡來，他們都是別處診不好的，他們沒有錢誰給他診，是這種人，我是歡喜給好藥，一次二次就好了，闊人就不同了，一次診得好的，我給他分做幾次診，多弄他幾個錢，其實我是很壞的。」

「你這樣待人家，人家把你當呆子，像你這樣的人，是不能存在的。我勸你以後還是把牌子掛出來，好好的幹一下，免得受苦！」我說。

他還是溫和的笑，連連把酒往口裡送，酒完了，又再叫兩斤。

「是的，牌子原先掛的，在弄堂外頭，因為警察要捐錢，才取下來的。」

「哈哈，假使人家說你不該吃飯，你就把自己的頸子割了嗎？這是太笑話了！」我說。他也笑，已經很醉了，話便滔滔不絕。「原先我生意很好，每月賺二百多塊錢，

平淡的事

那不是現在這個地方，這是去年搬來的。我賺了錢就把門面擴充起來，我沒有老婆，訂是訂的，因為她要八百塊錢辦嫁妝，我沒有，她就另外嫁人了。我把老娘由鄉下接來住，請了兩個聽差，有一個不能做事。這聽差原先有田在鄉下，給人家騙了，很可憐，我就把他帶到這裡來，他是個呆子——那時候，我的日子很好過，門診是一塊二，沒有錢的就減半，看人說話。不料去年革命，我的診所燒得乾乾淨淨，好，沒有想到這個革命把我打倒了。搬到這裡之後，起首還敷衍得過去，湊巧，閘北辦市政，一條馬路修上大半年，交通斷絕了，簡直沒有人上門。好，這個市政又把我打倒了。光修馬路還不打緊，三四月間落起黃梅雨來，你想誰肯爬過爛泥堆裡走過丈多深的水溝到我這裡來呢？這裡又這樣偏僻！好，這個黃梅雨又把我打倒了。房錢欠七個月，生意沒有，我吃的是身上的衣服，是老娘的皮袍子，是木器。有一次聽差的走了，後門口扒手進來把老娘的棉衣也偷了！——是的，我牌子是有的，弄堂外有塊大的，前門的壁上寫著『照原眼科』四個大字，但是我給不起捐錢，警察天天來要，起首我就把外面的牌子取下了。昨天他又來了。我就把牆上的字也粉了，省得他來麻煩。可是牌子一取消，就簡直更沒有瞎子能找得著我了。好，這個警察捐又把我打倒了。這就可以太平了吧，但是那個印子錢逼得很緊，所以——我近來不快樂，睡不了覺，頭痛，有了錢就喝酒。我想把牌子掛在這酒店的樓上，夏先生噢，我們兩個無論如何在一起。這地方真好，慢慢的我們會發達起來的！——不過，現在，——唉！——我還有兩個好朋友，都死了。我晚上眼睛一閉，就看見他們兩個。唉，好人。——闊朋友我也有的，那是姓何的，從前和我很好。如今有幾十萬，白克路有洋房。上次我買點東西去送他，他不見，他怕是綁票的。——是的，我是要飯的，你們看這幅樣子，——我常常半夜裡……」他說到此地，眼睛朝天，兩手合拱著：「爬起來，打開眼睛，是的，我是晚上才喜歡打開眼睛。因為我不願看不見什麼，我對天說：天啦，你把我的壽命減少二十年吧，切莫再使我是這樣子啊。」

他不再笑了，兩手撐著頭，慢慢的伏在桌子上。我們全都沉默著，忽然他又抬起頭來說：「這地方真好，我們每晚都要來的噢，夏先生！」

「不來了，明晚我請你到鴻運樓吧！」我說。很晚了，曾先生還要酒，我們不承認，我叫孩子來算帳，曾先生就立起來用手一揮，好像這應該歸他出，我也就不客氣，給了二百四小帳就往外走。我回頭向櫃臺一看，看見那孩子彷彿用蝌蚪文在簿子上寫著：「曾先生欠……」

走到街上，我拒絕他送我，他說：「不要緊的，我們通晚不睡覺不要緊的，睡覺是受罪，在外面走走很快樂啊！」到了我自己的弄堂口，我和他告別。我在十二步之外還聽見他的聲音：「夏先生，我們再到那酒館裡去坐坐吧！」

我就是這樣認識了曾醫生了。

第二晚，我原打算請他到鴻運樓去的，不知怎樣我忽然變了計，只隨便買點乾牛肉之類的下酒菜請他到家裡喝。他起首不肯去，後來雖是去了，但是不再多說話，只低著頭在房裡徘徊。我問他：「股票押了嗎？」

「沒有，要明天聽回信。」

「今天有生意嗎？」

「有的，一塊假洋錢。」他掏出那洋錢來後，笑著說：

「鉛的，份量輕，放在手裡就知道。」

「上海人真壞，看病的錢也給假的！——那末，你不能叫他換嗎？」我老婆不平的說。

「馬馬虎虎，那個人送我假洋錢當然也是沒有錢嘍！」

「是沒有錢就送診也可以的，給假洋錢你不妨責備他的！」老夏很反對他的態度。

在我家裡，酒也喝得不少，但他不多說話，話裡也沒有驚人的句子。不過我們都覺著他的神經的確紛亂了，每句話是牛頭對馬嘴的，因為我知道他昨晚送我回家後又在酒館裡去喝了一頓，又因為被窩放在別處去了，只伏在椅子上看書，度過這寒宵。他呢，也知道自己這次是失了一個不小的敗，所以不高興多說話。不過，他也不十分沮喪，他還有無窮的希望呢，他有一張五十塊錢的股票，明天那張股票總會押了的！第二天晚上，天下著毛毛雨，我走到他那裡，我看見那替他押股票的人說，事情又變了卦，要過一個禮拜聽回信。總之，這是推脫的話，這股票肯有人要，五十元只押三十元，六分息也沒有人要，而且那印子錢別人不肯再放了，非馬上收回不可的。我很替這醫生不平：「二三十塊錢的事有這樣難嗎？又不是憑空討人家的，曾先生，你給股票我，我明天去試試。」

「好，謝謝！」他將股票給我，深深的一揖。天還是下著毛毛雨，很冷，我一早搭

車到江灣，想找幾個朋友，因為那些朋友起碼賺二三百元一月，又沒家眷，就是一人力量不夠，幾個人總可以湊足的，如果不放心，就由我負責，然而結果是：「我也只能勉強維持生活，如果誰誰在這裡，那就沒有問題啦！」

我回到曾醫生家，走進他的寢室，把這消息告訴他，把股票退給他，答應再想法，可是他睡在床上起不來，因為房裡有個姑娘，我聽他說過有個朋友介紹一個女人給他，他曾因為自己沒有錢，關照那姑娘別再上他那兒去的，現在她又來了。

「姑娘，請你出去一下。」他說著，那姑娘就走了。於是他抬起身來，掀開蓋在身上的唯一的外套，把那件窟窿纍纍的絨繩褂扯得很周正。披上外套，伸出穿著無底襪的腳來，費了許多工夫，才穿好靴，因為不如是，那襪是不容易就範的，此外我還發現他腿上失去了那條西裝褲。我們同在客堂裡坐，他還是笑，鞠著躬說：「對不起你，這樣的雨天，害得你跑江灣！」我和他談了很久，我沒有坐，因為他的籐椅也不見了，圓臺邊只剩了那原先擺在後房的三腳椅。

我回家了，下午又向另一個有錢的朋友打主意，更不成，他說他並不幹這樣的生意。我只好回曾醫生一個信，就再沒有到他那兒去了，老實話，我不敢再見他。過幾天，老夏又來了，我問及這醫生，他說：「近來他再不喝酒了，臉也腫了。山東人天天來吵，要那筆錢，很凶的。這兩天他沒有在家，不知道到什麼地方去了。大概是害怕這山東人吧。」

我不敢再問了，我只盡量的沉思：為什麼不藏在黑暗的破屋裡，卻走到外面去呢？懷著憂傷，到荒野徘徊去了嗎？到山頂愴地呼天，向北風求助去了嗎？到黃浦江邊痛飲去了嗎？他歡喜孤獨，連好友老夏也不要了嗎？連……

「這個人很可憐。老黃，你是歡喜把自己妻子兒子都上小說的，也把他上一上小說吧。哈哈！」

「但是——唉，在這年頭，這玩意早已不時髦了，這事情，太平淡了，上了小說不會有人看的。」

我禁抑著奔放的熱情堅決的這樣回答。

一九二八，一二，二五日於上海。

平淡的事

改革

改革 

曙光還沒打定主意惠臨到窗子上，韋公聽見爆竹到處響，就不管昨晚摩麻雀、擲骰子鬧得太晚，連眼皮還不曾合攏一回，便也從溫暖的被裡掙了起來。這天不是接到黨部裡開緊急會議的通知；也不是得了共產黨要暴動的消息，值得去報告戒嚴司令，好邀一筆重賞；也不是那不能維持生活的紗廠工人要大罷工，得去彈壓，解散；更不是有什麼好玩的事體如殺頭著火之類可看，值得我們這位好同志那末早就起床的。只因那天是我們中華民國舊曆十七年的元旦。

原來這天比「五卅」、「五七」和一切什麼紀念日都重要。雖則我們的國度裡那「新曆」早就跟著一大群的新文化從海外輸入了，每年弄出兩個元旦來，然而本質上，新曆元旦壓根兒就趕不上舊曆元旦那末切於實用，那末真正算得過年。那只是一般好鶩遠的淺薄少年拿來應卯的，我們從這上面就可批判出它倆的優劣來：比如過新曆年，大家不過發發賀年片，各機關冷冷清清放三五天假，見了朋友不過和平常一樣點點頭，握握手，懂洋涇浜的說一聲，「A Happy New Year For You」。至於穩健份子他才不肯那末丟臉呢！這時節，長輩或上司那邊你去是自然應該去賀賀，可是你見了他們，你只有呆坐寒暄的份兒，你總不好意思來別的表示恭敬的花頭的。如果到了舊曆元旦，那你就不能這樣簡慢這般大意啦。不怕你曾過過一回新曆年，你還得慎重其事的再過一回舊曆年才算過足了癮；而且所有的事業、經營、討帳、催款、辦年貨、送人情以及掃除灰塵等大事都得在除夕前結束。「一年之計在於春，」你辛苦了一年，那時你應該把一切弄個清爽，騰出大部分的精神和辰光從元旦起專心一意的娛樂個把月，那差不多和張勛的軍隊打開了南京准弟兄們大搶三天一樣，這時節官廳連叫化子，修馬路的囚犯，都恩准他們在街上賭錢，擲骰子，上等人更不用說，只要你不是有共產嫌疑，寫文字譏評黨國要人，那真是小雀子出了籠，再自由沒有的。不過天大的事可在這時節擱起，但那「拜年」你無論如何懈怠不得，因為過新曆元旦時你不曾拜，也不作興拜，發了賀年片是空的，只有這時節你才能一家家去登門作揖，在長輩或上司前行那叩頭或九十度的鞠躬禮，一句話，你那滿肚子的恭敬禮貌也只有這時才是行的唯一機會。我們的韋公就為著這緣故，他得趕早到一個中央委員老爺那邊去一趟。

那中央委員老爺愛住在離都市二三十里的一個偏僻地方，到他家裡去雖可乘火車，但下車後還要走半里又迂迴又臭的爛泥路，乘公共汽車或洋車吧，可是太不合算。在委員老爺自己，固然是惡囂雜，愛山水，有隱士之風，到那兒逛逛有自備的摩托卡，進京開會有國備的專車，但一般遠地的小人物去拜訪他，那就很費事啦。如果誤了鐘點，趕不上火車，得掏許多的血本來乘汽車或洋車，在半路上還怕給小癟三捉了肥豬，平常沒事兒不去拜訪他還不覺著怪難過的，何況是時行拜年的舊曆元旦呢。他充軍充到那世上，真是故意跟韋公這般人搗亂的。

那從民國十六年就飛起的細雨，這時還像哭喪人的淚兒灑個不住；那從除夕就發作了的狂風也不看看節氣，好像颳起了興頭還在空中放肆的亂吼；街上的店家都像吃飽了的老牛，閉了大嘴一般，將財門開了之後，又緊緊的封著；馬路旁的賭攤也還不曾擺出一個來，只有每家屋簷下那疏疏密密的通宵未睡的孩子們還在高興的放著沖天爆。不瞞人，我們這位穿戴齊全的韋公出門時，天還只有點毛毛亮。這不純然因為是晨光早，一大半也是烏雲瀰漫了滿天，雨中還夾雜著雪雹，將天色弄黯淡了的緣故呢！生怕浸溼皮鞋，韋公就撿沒有水的石塊將腳尖踏上去，那好似點水的蜻蜓，又像輕手輕腳的竊賊，每一步都得使身體一伸一縮，那姿勢可以說是跳吧，他就幾步跳到附近一個弄堂裡，敲敲一家人家的後門。因為那委員老爺不是他私有的，他到他那邊去不通知同志一聲，似乎是自私自利，雖然同志們不一定能夠同他一道去。好在那家人家還不曾睡覺，他就很順利的走進去，一直衝上樓，推開門用隨便的口氣問：「喂，黃同志，鄒同志，怎麼還不起來，老頭子那邊也得走一趟吧！」

黃同志早就張著耳朵聽，他們原是不拘禮貌的，這時他只瞪著眼呆呆的望著床前的韋公呆笑，許久才裝出個不信禁忌的樣子說：「見鬼啦，這末早就起來！——喂，告訴你，昨晚我輸了十八塊，真背時！」

鄒同志裝著睡著了，弓著腿不動，像葬在那被裡，但一聽到「老頭子」，他終於像蚯蚓樣扭了兩扭，掀開被露出那紅眼睛，又伸出一隻手來，「唔——」他伸了個懶腰說：「今天早上五點鐘才睡，唉——實在是——」

黃同志就揭穿他那種虛偽的不高興說：「嘆什麼氣呀！三十四塊錢進了袋還有什麼不舒服的！」

韋公是急急於要走的，他就不耐煩的說：「不和你們談這個，喂，你們究竟怎麼樣啦？」鄒同志說：「別急呀，自然要去的，——是的，一道去省事啊！」

改革

好啦，不久，他們三人一路到車站，上了火車。車廂一大半是空的，可以說是一列賀年的專車吧。在車中他們談了些昨晚牌九輸贏的事：黃同志悔不該一點多鐘的時候還不收手，因為那時他贏了好幾十；鄒同志就懊惱著沒有下了重注，因為他的手氣始終就沒衰頹過。韋公幹的是小玩意，沒有可說的。大家談了一陣，不免流覽些鐵路邊的新年的景色。那景色雖在烏雲壓壓雨雪紛飛的不清爽的光線之中，但在他們的心目裡卻各自有無邊的新氣象：韋公呢，他早就不願株守著月薪六十元的位職，最好中央委員老爺調他充當個一等科員；黃同志資格高些，他就想補一個肥缺的縣知事，弄上三五萬好什麼事都不幹，有吃有住，幸福一輩子；鄒同志卻為著他那賦閒大半年了的堂弟打算。聽說時局會有大變動，他們這位中央委員老爺有任省政府主席的消息，老天爺，他們這幾位親信想當權，不趁著機會活動一下還成，而活動的步驟——這「拜年」顯然不是鬧著玩兒的。

下車時，因為到了野外，那風勢更加大，呼呼的只往面部壓，幾乎將他們那鼻孔的氣流頂回去，細雨是像農夫灑石灰樣四面八方往下蓋，路又泥濘得很，不知給什麼馬蹄子踏得那末爛，簡直伸不了腳，又沒有一個走運的洋車夫曉得這裡有三個雇主要照顧他們。他們只好迎著北風打衝鋒，左一步右一腳的低著頭，小心翼翼的揀路走，那怕眼睛裡給風拂起了淚波，紅鼻孔給凍得清流淅瀝的，也始終不敢將頭躲在大衣裡偷一會子安，那勇敢奮鬥的精神著實可佩服，那點丹誠也真夠撼動天地的。

一腳沒走好泥水濺了一身的黃同志忽然生起氣來了：「真背時，陽曆元旦我們到老頭子那邊去碰了這樣的天氣，現在又這樣，真背時！」

因為這位同志受了飛災，韋公覺著那末早，那末天氣不好，跑到這野外，是他的主動，他就不能不像是為自己開釋似的對於這「拜年」加一點騎牆的論調：「拜年實在沒意思，不過——我們卻是和普通一般人不同，頂多見了師長作作揖，敷衍敷衍了事，況且老頭子這邊真是生親了，沒法兒的。至於真真拜年，我是十幾年沒幹過這玩意。」

鄒同志因為某種心理所驅使，即刻同情的說：「是啊，我一向就反對，那真無聊！」

黃同志也說：「我也是十幾年沒……」

改革 

原來這三位都是革命的急先鋒，雖在革命事業倥傯之際，無暇對於「拜年」的命認真的，徹底的來革一下，然而他們卻早就將跪拜革成為作揖。談鋒既經轉到「拜年」上，於是還來了一陣對於從前那跪拜的攻擊與嘲笑！「講起舊式的拜年，哈哈哈！」鄒同志開頭說：「那真笑話！尤其鄉下人，到了大正初一，照例，早飯是不吃的，唯一的大事是拜年。萬事落後的婦女自然要到初三四才出門，那叫做『出行』，出行時還放爆竹。男子漢呢，早晨起來，一洗完臉就把那件月藍竹布半截單長褂從箱底下翻出來，幾下往身上一罩，拖在半天雲裡像一把傘，再闊氣一點的就加了一件上了霉又皺摺不堪的青布舊馬褂，比長褂稍許短一點，帶了兄弟和大的孩子們，七八個一路拜起年來。照老規矩是『初一崽，初二郎，初三初四拜地方，』但是他們拜完了自己家裡的長輩，拜完了鄰舍，就拜發了勢啦，還管得那套，大隊一開出門就挨家子拜。一走近人家的屋門口，還在大門外頭，那長於言談的走頭，那算是隊長，他就敞開喉嚨嚷起來：『常家二爹呢，請到大廳上拜年啊！』那裡頭雖是在拉屎，或是在餵豬牛，但他們是時時刻刻提防著這個的，也就什麼都丟在一邊，吁吁喘喘的嚷著奔出來打接應：『那不敢當呢！到了就是年，到了就是年！哈，真是，太客氣了，到火房裡請坐，到火房裡請坐！』這邊是不因為人家推讓就將拜年模糊一點的，自然見了人就倒下去，平輩見了就作作揖，孩子們那就硬要跪下去像冬瓜樣在地下打滾，哈，哈哈！那邊回了禮之後，這邊又得先開口：『恭喜你老人家過得熱鬧年啊！』那邊就得：『好說，好說！彼此一樣，彼此一樣，』這邊又是：『你老人家新歲健旺啊！』那邊就得：『托福，托福！』哈哈哈！天天見面，甚至時時在一塊，只隔了一晚就忽然客氣起來，繞彎兒問安，真笑話！真碰了鬼！」鄒同志說時，口沫直往嘴邊湧，兩手指東畫西，描摹得活像，打著湖南的土調模仿兩邊的口氣，抑揚啊，頓挫啊……使人聽了見了，真像親自聽見看見那些怪物在那裡哈哈嘿嘿作拱打揖的，於是博得黃同志的同情的微笑和韋公的贊言：「好描寫，老鄒你真形容得刻苦，不但是革命家，還是文學家呢！哈哈哈！」

「也不是故意形容，」鄒同志接著說：「實在的，這情形在鄉下到處看得見。還有，拜了年之後，免不得到火房裡坐坐嘍！吃芝麻豆子茶啊，嗑瓜子啊，喝酒啊，再客氣點的，還留吃飯。至於孩子們喝不了酒的，就每人分一碗薯片豆子，他們吃不了就灌在他們的口袋裡，好在他們的口袋大，三兩斤貨色盡盛得下，他媽故意為他做大些就為的這一手。——到了第二家又是老套頭。這樣一家一家拜下去，大人們是灌得醉醺醺的像關公，孩子們就吃得皮黃骨瘦，吃起飯來翻起眼睛看天，差不多正月那一晌，個個都得害一場積食病，媽的，真造孽！——唉！——還有那些住在城裡的大戶人家，老頭子的姨太太討上好幾房，多半是團隊裡接出來的，十幾歲的妹子，論起來你得喊她『叔哀姐』，拜起年來，她是長輩，你到他家裡去喊『到大廳上拜年』，難道真等她走出來才拜，還不是沒頭沒腦的鑽近門簾子去，不管她還在床上褲子都沒穿好，你也只好紅著臉在門彎裡的馬桶旁邊把頭磕下去，哪怕你穿的是新衣，那地上又有一堆雞屎或一泡濃痰，你還好意思不下禮！媽的，這宗制度才看見！才該殺！」憤世嫉俗的鄒同志，這時便將頭左搖右擺的低下去，非常的感慨系之，末後還將「唉！——」做了這篇高談的結論。

韋公好像也要將「拜年」臭罵一頓似的，他笑了笑接著說：「我。……」但同時黃同志也笑容滿面的在說：「我……」於是韋公就讓了一步說：「好，好，你說，你說。」

黃同志發言素主慎重，無論做什麼，腳步站得穩，從來沒有人說他不革命或反革命。他為人再伶俐，再老練，再能幹沒有的，雖則在除夕輸了錢，那完全是氣運壞。

他說：「這是好幾年前的事：那時我記得我是念四歲，在大學堂裡念書，因為離家近，所以不能不回家去過年。正月初一的早晨，照例爹爹媽媽和兄弟侄子們都得向祖母拜年的，她是八十多歲的活祖宗，頂歡喜見子孫向她拜年的，那個沒向她拜年，在吃飯的時候，她指名說那個於今是不認得大人啦，那個於今自己能夠賺飯吃啦。閉那宗氣比挨幾個耳光還難受。爹爹媽媽都向她拜，難道我不拜，我拗得過她？——好，當大家都到了大廳上，我就出了個主意。我就向他們說：『我來提一個議，你們一個一個就祖母拜年，太麻煩，她老人難得回禮，你們頂好站成一個隊伍，一齊向祖母拜。』他們都同意了。我就毛遂自薦作一個司儀的，我要祖母坐在堂屋中間，要他們站成一排，我就站在旁邊做指揮官，喊口令：『一，二，三，』哈，哈，喊完之後，我就無聲無息的走開了。那一次算是躲過了。不過這狡計第二年就不適用，終究給他們在祖母前面告發了，祖母還是……」

大家雖是佩服黃同志有急智，能躲過「拜年」，又能將「拜年」的方式變通一下，只是大家以為他那故事還有絕妙的下文，下文既是飄渺了，也就只隨隨便便的笑了笑。這就輪到韋公的名下了，但那委員老爺的高第忽然站在他的前面，是時候啦。韋

改革 

公便沒往下說，各人暗中只忙著戴正他們的帽子，扯勻他們的馬褂，然而態度卻始終是慎重的，因為他們拜訪中央委員老爺著實不止幾次啦。按了許久許久的門鈴，那得了他們的年賞的聽差出來開了門。

「喝，拜年客來了，早啊！」

各人的臉上浮出個不自然的微笑。

「老爺起來嗎？」

「沒有。」

「那末，我們在客廳裡等一等。」

「嗯——講老實話，老爺起是起來了，因為大學堂裡的學生來了十幾個，把客廳擁得拍滿的，老爺不願見他們，始終沒出來，他們也就始終坐著不走。」

「我們一進去，他們難為情，就要走的嘍！」

「不見得，他們什麼時候來的啦，我的天，要走是早已走了的啦！」

「這怎麼辦呢？」

他們失望的彼此互相看著，眼睛睜得開開的。

「你們帶了名片來嗎？——只要意思到了就行，我替你們把名片交上去也一樣的！」

他們起始猶疑著，徬徨著，像失足到汙泥裡的小山羊，想到那前面的青草地去遊遊，可是前面隔著一道水，想往後退，又覺著到個地方一次著實不容易，他們只想說：「你瞧，這是什麼天氣啊？」但終於只得這末說：

「好，好，就這樣。」他們各人將名片掏出來，交給聽差，就這樣解救了自己。

「走吧，我們，——這也不過是一個意思。」韋公說。

「是呀，只要意思到了就得。」鄒同志說。

「北京拜年就是清早起來挨家丟名片的。」黃同志說。那聽差好像有點怕冷的樣子，身體只想往後退，他們也就轉過背來，於是老聽差將大門關了。他們就在大門外徘徊著。委員老爺的客廳裡那熱氣蓬蓬的電爐，那碧綠的柔軟地氈，那是他們常常享受到的，這時忽然在腦海裡浮晃著，而打在臉上。觸著皮膚的卻是雨雪，風，他們真覺著有些冷，但這樣感覺的時候，卻很短，他們一唸著貼在心門上的那「意思到了」的標話，好像自己的名字已經是永遠刻在委員老爺的記憶裡，這差不多是靠得住的，再遠一點推測……於是韋公就像一個一等科員，黃同志像個縣知事，鄒同志像他那堂弟的恩人，眼前的雨雪雲煙，黯淡，依然在他們心中幻成無邊的新氣象。

他們離開那兒開始渡著回頭路的時候，那委員老爺的客廳裡的大鐘剛敲八點。是的，這時候天應該大亮啦！

一九二八，三，一八，於上海。

（原載一九二八年六月《文學週報》三二九期）

Dismeryer 先生

Dismeryer先生

反奉戰爭起後，S市華界的居民，大半因著前次戰爭所遺留的深刻的印象，對於自己的生命，以及細微的家具，都感覺絕大的危險，稍擁資產的都紛紛向租界移去；因此，城北仁義弄第二十號的房子也在這時空了，只有住在灶披間的兩個寒酸學生沒搬走。

P和他的妻乘此機會，以較廉的租金賃了這所房子的前樓；初搬進去時，很覺寂靜，自從樓下搬進來一位打拳的武士後，才漸漸熱鬧起來。

灶披間的租金每月只有兩元，不到幾天，那兩位學生不知怎樣搬走了，這間小房便入了武士的版圖，他不是租來自己住，卻以每月六元的租金轉賃給一個外國人。

這外國人搬來後，在房門上貼著一張W. A. Dismeryer的名片，窗子上掛起破紗簾，地上鋪著舊地氈，小鐵床上四散著工業書籍；室內除小櫃，衣箱和烹飪的雜具外，壁當中還掛著袒胸赤背的耶穌被釘在十字架上的畫圖。

P的妻見不慣外國人，這位Dismeryer頗引起她由對普通一般外國人的觀察所得來的一種異樣的可怕，因為盛氣凌人不可一世的外國人也可委曲在這小而卑溼黯淡的灶披間，可斷定他是一個旅華的起碼貨，她於是很不自安地對她丈夫說：

「我們又搬到倒楣的地方來了：樓下呢，住的是一個打拳的，灶披間呢，便住著一個蹩腳外國人，別的不打緊，若是這外國人在這兒販手槍，造假鈔票，一經發覺，可不牽累了我們嗎？還有一層，我們白天都要去做工，房門的鎖又不堅實，裡面的東西說不定有危險呢？」

她發表這高深的見解後，睜著眼睛凝視她的丈夫，等候一個妥當辦法的回答。

P笑了一笑，不假思索地答道：「打拳的想不會無緣無故給拳頭我們吃的，這外國人的舉動雖是不能斷定，總不會牽累我們罷。至於房裡的東西，那怕什麼，家裡有看家的娘姨。」

她經過這番安慰，雖是有些相信，卻仍不放心，時時背著P在娘姨面前刺探這危險人物的消息。娘姨不時在她前面報告，說外國人也能說本地話，常在她旁邊看她燒菜，有一次看見瓶子裡沒有醬油，連忙走到房裡把自己的一瓶醬油拿出來送給她，她沒有受。有時他又拿出胡椒粉或咖哩粉來要她放在菜裡，她怕是毒藥，嚴詞拒絕了。

Dismeryer 先生 

廚房裡的東西他常常由這邊搬到那邊，放開自來水盡量地沖洗，囉囉嗦嗦使她十分生厭！

主婦誇獎她那謹慎的態度，同時又再三的囑咐道：「小心點，外國人是不好惹的，以後不要理會他好了。」

娘姨守著主婦的命令，從此絕對不睬這外國人，有時他又來管閒事，整理廚房，沖洗傢伙，於是廚房裡沸騰了詬詈的聲浪。這外國人被娘姨斥辱，並不敢抵抗，他只靜寂的退到他的小房內。從此，他停止整理廚房的工作，閒著沒事做，便每天關著房門躺在床上，低聲的念那朝夕不離的工業書籍。他不敢走出門散散悶，開開心，因為出了門，必定要裡面有人出來，他才有進門的機會；若是晚上回家稍遲一點，他便會在街頭作漫漫長夜的巡遊者。

一天早上，P在廚房提水，發覺這外國人在窗外站著，臉上慘白，眼珠通紅，全身似給寒氣裹住，顫慄地望著P微笑。P會意，連忙開了門讓他進來。他謝了P，漸漸和P攀談。P從此知道他是三十多歲來華已經兩年的德國人，最近被摩托車製造廠辭歇了的勞動者。

P夫婦移居後，轉瞬又是兩個月了，這所房子裡除了武士和他的徒弟們角力的聲音喧鬧著外，沒有什麼危險發生過。娘姨因在P家收入太少，藉故走了，這位外國人Dismeryer也恢復了他整理廚房的工作；因為他極愛清潔，廚房就在他那房子的隔壁。P的妻也漸漸對他解嚴了。

Dismeryer的房裡很少有人進去，只有打拳的武士板起面孔在他的房裡坐索房金，有時在他的房門外責罵他，說他假裝睡著了，故意不開門；其實就是房門應聲而開，難道以武士的威力能夠把每月六元的房金在他那瘦削而枯焦的骷髏裡榨出來嗎？他剛搬來時，每天自己煮一頓兩頓吃，兩個月後，廚房裡連他的足跡都少見了！

一天，好幾個鄰近的男婦從他的房裡出來，那男子臉上滿堆著笑容對他的同伴說：「這根皮帶真便宜，只花了四個銅子。」另一位男子說：「這雙皮鞋只有八成新，竟花了四毛錢！太貴了一點波？」從這般人得意的走了以後，Dismeryer的房裡才透出稀罕的麵包香味來，刀叉重新由塵埃裡拿出來在廚房裡沖洗。不常在家的P，這種盛況，以後竟還看過好幾次。

從這時起，P的腦子裡似乎受了一種強烈的襲擊。他在放工回來時，躺在床上追

Dismeryer 先生 

憶旅京時和幾位預備赴法勤工儉學的朋友天天從宣武門外步行到西城翊教寺法文專修館去上課，飄舞的袷襖貼在身上現出高聳的骨頭來，腳跟露在鞋襪外面，和冰凍的泥土直接的磨擦，每天早晨餓著肚皮和砭人肌骨的北風打十幾里路的衝鋒。以後呢，達到目的地的，能夠被逐回國，這算是幸福，留在法國的，多是抱著他們偉大的希望在異域的墳墓裡長眠，聽說現在只有一位C君還活著。Dismeryer 不是橫行世界的德意志的國民嗎？他在積弱的中華所受的待遇，總可斷其比留法的C君優越好幾倍吧！然而這優越的待遇實在夠人縈思緬索呀！

P的腦中充滿著異邦落魄者的悲哀，有一天終於被逼得走到他妻子從前認為危險人物的 Dismeryer 的房裡去。那時他正對著打拳的武士枯坐著，死的沉寂給新進來的P衝破了。他向P微笑，眼睛四周逡巡，似在設法掩飾全室破爛荒涼的痕跡，免得刺激這位新來的貴客。P和他寒暄了幾句，便問道：「你為何整天在家不去做工呢？」「No work，找了交關人寫介紹信，不行。」他微笑著，英語裡夾雜著十分之七八的本地話。「那末，不想法找工作，這房裡的東西也不夠你拍賣的。」P問。

Dismeryer 沒回答，仍然微笑著，漸漸低了頭。P費了一番思量，又問道：「你的英文程度想必很好，如果你能教英文或會話，我能替你設法。」

Dismeryer又微笑著，剛要抬起頭來回答，那沉機觀變的武士滿面帶著滑稽的笑容，搶著說道：「他是德國人，很窮的，德文很好，英文只勉強能說話。你要請他教會話，每月給他三四十元就行了。」

接連又指著Dismeryer說：「P先生瞧著你可憐，要替你找位子，教會話，你得謝謝他。」

Dismeryer仍然微笑著，沒有答話。P給武士過分的推崇，十分難以為情，心恨這多事的武士把麻煩的重擔生生的擱在自己的肩上。雖是自己有意援助他，然而成功與否是不能預卜的，何能一開口就是「每月給他三四十元」呢？更何能就要他向自己申謝呢？P對這事不好意思不敷衍，於是對Dismeryer說道：「我到房裡拿本英文書給你唸唸，看你的Pronunciation如何。」說完便拿了書來。Dismeryer接著書，全部靈魂浸在書面上幾個字，看了半天然後展開唸起來，一字一頓，長的字便一音組一頓，一頁一頁慢慢地讀下去，頭上的熱汗涔涔的流，嘴唇發顫，但是他的神情是很鎮靜的。P已驗明他的程度，無須再讀下去，便要他停止。他沒有聽見，精神貫注的仍然讀著，似

在和強敵決鬥，拚命的決鬥，全生命都在這孤注一擲了。P心中湧著無限的失望，覺得很難對付這事。這時武士在旁看得很真切，於是他對 Dismeryer 說道：「P先生有事去，你不必再讀了。」

Dismeryer 停止誦讀，但眼睛仍注視書上，表示他還有餘勇可鼓。P在心裡打算，這事很為難，武士要外國人向自己申謝的話，鄰近男婦在外國人房裡出來時得意的笑聲和拍賣者的結局，這些思潮在他的腦中一陣一陣的激揚起來。他不能白白地使這異邦落魄者受嚴格的考試，而且他也沒有白白地考試他的權力。他是工人，不是教授；他應該生活，不是應該被侮辱的。但這事究竟怎麼辦呢？P想著，的確有些無可奈何了。這時他只好笑著說：「我現在有事去，過幾天回信吧！」

從那天起，Dismeryer 便很專心的到P的房裡聽回信，渴望著會話教授的聘書的頒賜。他把這可靠的希望應付武士催索兩月的房金，他也曾以這意外的生機寫信安慰遠處的一位很掛念他的窮友。他更歡欣慶幸，夢想著自己還有在S市立足的可能。但是聘書是用不著商量，P早就在心裡決議，無法遞送的了；沒有相當的生徒用得著這位教授了。在 Dismeryer 來聽回信時，P常想迴避，但是沒法迴避，而且假慈善家，滑頭等的罪名好像都堆在他身上。他心想不如直截了當的回覆了他好些，於是等 Dismeryer 又來探回信時，便把早經製造了的幾句話回覆他道：「Dismeryer 先生，我的朋友只願研究文學，不願學會話，你的意思怎樣？」

他沒有表示失望的悲哀，仍是低頭微笑。他很能原諒P而且對P更加親密，這是使P心裡最覺難過的。就是P的妻也無形中動了婦人們軟弱的慈悲，臉上替她丈夫罩了一層抱歉的神色，白眼珠對著P連翻了幾翻，似在譴責他太不量力，輕於許諾，把這異邦漂泊者過於奚落，過於玩弄一般。

這時，晚餐已經熱騰騰的擺在桌上了：一碗稀薄的蛋湯，一碗白菜，一碗紅燒豆腐，雖不是佳饈，在P夫婦看來，比貴人們的魚翅燕窩還珍重，在 Dismeryer 的眼中，總也算是中華大菜吧！P的妻在擺筷子時，低聲說道：「怎麼樣？問問外國人要不要吃吧？」

「自然要吃的，」低微的聲音在P的喉間半吞半吐著。就這房裡三個人看來，P夫婦算是貴族。一個有錢的人請外國朋友吃飯，似乎不能這樣冒失，P這時只好帶著抱歉而敷衍的口氣對外國人說道：「你沒有吃飯吧？在這裡吃了去，好嗎？」

Dismeryer 測量了桌上陳列的蔬菜和三人肚子的容量，於是努力的答道：「你們不夠吃，我不必吃了。」

這樣隆厚的情誼，這樣難得的機會，他那能十分客氣呢？經P再邀請一次，他便就座了。P把窗簾放下，深怕這情景給別人知道。這是P家款待西賓的第一回。

這樣的款待，一次兩次，P是能夠效力的，無窮次，確是P心餘力絀的事，但這是Dismeryer想不到的。他在孤寂窮愁中妄想著在這慈善家有人類大同之感的P家寄海外落魄之身，在潦倒頹喪，生活絕望的時候，已獲得稀罕的無窮的快慰了。他相信憂人之憂，急人之急的P夫婦，必會長此以他自己得著慰藉為慰藉的。不是這樣設想，他如何好意思常在吃飯之前走到P夫婦的房裡去，等候他們殷勤的款待呢？不是這樣，又有什麼辦法呢？舊鐵床，有錢的買去了，現在睡的是硬土；穿的只剩了身上破舊的一套；住的是武士勢力之下萬不得已賒來的一間小房；這樣的境況，他不就食於P家又有什麼辦法呢？

Dismeryer 常常吃完飯後，覺得不好意思，曾搶著替P夫婦買菜，打水，洗碗，但這些於P家沒有絲毫的收入，這些他們自己能幹得下，無須勞他的駕，P也不願因為每天兩頓飯的損失取償於他幫同料理雜務上。P的妻很膽小，深怕過於牽累了自己，以為與其自己挨餓，不如不作假慈悲，但她又不敢說直話開消他，只想客客氣氣的招待他，使他自己懷慚而退，但是Dismeryer毫不體會這異樣的情形，他有時不知道把什麼東西換點牛肉來做送P夫婦的禮物，有時是一碟小魚，雖經P璧回過，他還是誠懇地奉贈著，他以為這足夠聯絡感情了。

一天一天的下去，P的妻覺得客氣的方法不中用，好像啞巴吃了黃連，她於是怨懟丈夫，和丈夫口角。「以後不要他再送菜來，送一點點菜，他便可仗著這點情誼更好來騙吃幾頓的。我們也是窮光蛋，該天天服侍他嗎？」

她怒極時，常說出許多激烈的話，可是一見了外國人卻始終不敢開口，只豎著眉毛，板起面孔，故意把房裡的東西敲撞著響得很厲害，藉此表示一點怒意，等外國人出了門，便又詛罵起來：

「我們為什麼要供養他呢？難道我們中國人還沒有受夠洋鬼子的糟蹋嗎？他們是野獸，南京路，漢口，廣州，哪處他們不橫暴的作踐我們！我們的血是豬血，我們的命是狗命，哪一次奈何他們過！我們為什麼還要飼養這種殘忍的野獸啊？我真是越講

越恨呀！況且街上討飯的中國人不知有多少，專就蹩腳的外國人講，本地也不知有多少，難道你個個去照顧嗎？我看明天還是老實告訴他，叫他別再在這兒討厭了！」

「不要講這樣不近情理的話，野獸的橫暴是不分區域的，不論國內國外，處處都有，它們張牙舞爪誰敢去抵抗，Dismeryer 比我們中國人的遭遇更悲慘，他和我們一樣，立在被作踐的地位，我們該援助，該同情，你講這樣的話，不仍然是表彰著你的獸性嗎？」

她聽著P這番教訓，更加憤怒了：「好，你去同情，你去援助，隨便你，你要怎樣就怎樣，反正明天的菜錢米錢，無論如何不能在我的衣服首飾上想法的。」

第二天，P又和他的妻咕嚕咕嚕地過了一天，他對那異邦漂泊者的同情敵不過愛護家庭的觀念，他不願為著一個不相干的外國人犧牲自己家庭間的幸福，只得聽憑他妻子去擺布。那天，他的妻子便故意把晚餐提早，好使外國人錯過機會。她還怕計畫失敗，外國人進房來難以對付，又預先把房門閂了，夫妻倆膽顫心驚的，盜賊般把飯菜匆忙的吞嚥著。「這的確是盜賊的行為，這的確是黑心的事？」P夫婦腦中都充滿著這樣的幻想。

一會兒，有人敲門了，P知道是誰，但他好像無力抵抗巡警的捕拿似的，連忙開了門，P的妻沒料到這房門把守不住，一時手足失措，好像沒有地方躲避，竟把燈捻滅了，室內便黑暗了，沉寂了，窗外的月兒給濃雲遮翳，僅僅街柱的電燈從窗簾的微隙中透入一線的光射在瘦削灰白的 Dismeryer 的臉上，一個殭屍的臉上。P夫婦很驚恐，很害羞，頸梗上似已被掛了一條冰冷而粗重的鐵鍊，話都說不出來。許久許久，P才抖擻精神說道：「哪兒來的風，把燈吹滅了，快點著吧！」

P說了這敷衍粉飾的話，他的妻才燃燈。Dismeryer 早就領悟這是怎麼一回事，他於是低著頭，把手裡的一碟菜放在桌上，頹喪的，倉卒的下了樓，走回他的灶披間去了。

這位可怕的落魄者下去了好一會，P夫婦倆緊張著的神經才弛緩過來，漸漸恢復了常態，P憤恨的責備他的妻：「真笨！你為什麼做出這樣的醜態，竟把燈都捻滅了！」

「唉！這不知是什麼玩意？我們不知犯了什麼罪？竟這樣的慌急！唉！真好笑！這樣的事真不是我們能夠做得來的！你還是去把他喊來吃飯罷！」P的妻說。

P很不安地下了樓，摸到那黑暗的灶披間說：「Dismeryer 先生，你如何回來這樣晚啊？快去吃飯罷！」

「謝謝你們的好意，我是已經吃過了。」Dismeryer 悽慘的回答。

第二天早晨，P由灶披間走過，只見房門洞開，Dismeryer 卻不見了，而且一天兩天，一星期兩星期，一個月快過去了，Dismeryer 竟沒有回來過，只有幾件破爛的行李依然冷寂的躺在水門汀上。武士受了灶披間經營失敗的影響，不久也搬走了，鄰近的男婦們還不時在窗外探望著。

「他是到哪裡去了呢？破爛的行李又不一起帶去？這窮無依歸的 Dismeryer 究竟到哪裡去了呢？」

這是P夫婦在無聊的安靜中，不能自已的腦子裡時時縈紆著的問題。

（原載一九二六年二月二十五、二十七日《晨報副鐫》）

軍事

軍事 

戰雲瀰漫，S市的春風依舊溫柔的薰得人慵慵的，連骨頭都疫軟。陳太太的午覺已經挺過了，再睡又睡不著，偏生常來打麻雀的二奶奶竟自幾天缺席，於是她的沉悶的腦袋裡忽然閃出個「到新世界去」來；雖則她老人家已上了四十五的年紀，又兼著勞心家務，對於這事是久已灰心了，然而每月還勉強去三兩次的。

慣伏於她監督之下的供職鐵路局的侄兒閣森，那天正值夜班，午餐後，躺在床上本擬熟睡半天，無意中在丫頭桂香口裡探聽出嬸嬸要出門的消息，一種不可遏抑的幻潮，乘機浸入他那把持不住的心城，他在床頭輾轉了一會又興奮的跳下床，披著長袍馬褂在室內徘徊，獨自微笑，微笑後又轉入沉思。

他從嬸嬸下床時起，心縈紆在她的左右：默祝她，不必麻煩的對鏡整理那稀疏斑白的雲鬢；詛罵她用許多鉛粉去填平雞皮臉上的裂痕是徒勞無益的事；揀選時髦花紋的衣裙更是多此一舉；要出門就放爽快點！鈔票銅子裝入皮匣子裡就得，反正大權在握，還仔細的檢查數目幹嘛？他正想得入神，「桂香，叫車去」的呼喚和一片下樓的腳步聲暫時段落了他這一路的思潮。他甜津津的打開房門，注視桂香的走過，而且等著她叫車回來又從路門閃過後，才關了門，心弦又按著樓上的腳步聲在振彈，推測嬸嬸在衣鏡前打旋轉，匆忙的東摸一下西扯一把的在檢點室內的一切。嬸嬸下樓了，桂香在後跟著，一種恐懼逼來，他即刻正襟危坐，預備對付嬸嬸推門進來時的盤問。陳太太在閣森的門口走過，果然回頭望了桂香一眼，轉身來推閣森的門。

「你沒有到局裡去啊！又是夜班嗎，閣森？」她出乎意料的忽見閣森，臉上突現出不安的神色。「什麼夜班，歇一會就要去的。」閣森一瞥嬸嬸那麼豔麗的打扮，知道她有正事出門，不似三兩點鐘能回家的模樣。他立即堆了一副正經的顏色，就這樣回覆了。她沒回話，直往前走，閣森在門口咬牙切齒的目送。她走出門，左腳剛踏著車板，對門屋簷下一位後生牽動了她的注意。她似在戎馬倉皇之中，孤軍陷入重圍了，左衝右突的應戰，眼光射了那後生一下，又回轉來釘住站在門口的桂香罵：「緊貼在門口幹嗎？外面有什麼好看的，還不趕快死進去，把桂圓湯加點水！等會兒燒焦了，看我晚邊上回來討你的狗命。」

她瞧著桂香紅了臉，低了頭，轉身進去，關了門，才把右腳移上車去，雖則掛唸著侄兒尚未出門，放心不下，然而為著自身的享樂，終於暫時放棄監督他們的業務，坐著洋車，風馳電掣的去了。

桂香進來之後，一抬頭，她的視線和站在房門口的閣森的視線相交了。他正用非常的神態看她，研究她的全體；富於表情的眉目，隱藏著無名的焦急。當她走近他時，他擦著手，涎著臉，像是自語的說：「老厭物也有出門的時候，我的天！二小姐在家嗎，桂香？」

「飯碗一丟就出門啦！」桂香漫不經意的回答，直上樓去，為了性命的關係，趕緊去加桂圓湯。「太太在家時，固然應該一股正經，若是不在啊，那是更當小心翼翼的！」她以為。閣森滿想趁此良辰，用那麼的姿態，那麼動聽而新奇的語句逗她，和她瞎纏，漸漸的入港，然後加以猛擊。他以為起首這一開花彈中了要害，大功便成，誰知她頭都不回的直上樓去，開花彈竟同落到泥濘裡一般，泡影全無，他只得目光遙送，口空嗾著唾沫，等她的倩影完全離別了他的眼簾，他才啞然的退入臥室。他那時忽然覺著自己的臥室分外的荒涼，有如郊外大戰後的荒涼，在這荒涼愁慘的境地裡，他發現自己這死屍，橫陳在血跡模糊的硬土似的木床上，不堪的岑寂中，只有嬸嬸盤問的餘音猶在耳中掃蕩，霎時的衝動，所有的希望，都煙消雲散了。

不過，他一唸到這半日消磨之難，嬸嬸出門的機會之難得與乎桂香之嬌嫩可人，已息的火又在復燃，一雙探海燈似的眼睛時時把守房門空處，生怕桂香又像輕煙般在門前飄逝；把守了許久，始閉了雙目，「煎熬下去」和「不妨嘗試一次」的念頭在腦門激戰，心的跳動和樓上的響聲刻刻關聯著，應和著，幻想愈是甜蜜，房門口一帶愈是把守得緊。他摸摸頭，頭很發熱；撫撫心，心在沖搗；下床彳亍了一會又在窗口探望，無疑的，嬸嬸無影無蹤獨自享樂去了；潛神默聽，樓上渺無音息。許是她正同他一樣，在縈思著自己，在需求而且煩惱著自己吧！

「她早已到了明白人事的芳齡，那麼玲瓏活潑的心地，難道絕無方法使她領悟此中的玄妙？」「一次，只一次，誰能查出破綻來！」「她不能為著太太，就犧牲自己的青春，連一次都不肯吧！」「樓上樓下，只有她，只有我，唉，倒是一個機會啊！」「我是……她是……這還有問題？這還不能自如的操縱！」「桂香真蠢！太太，管她，她那麼大的歲數兒還……反正男女就是那麼一回事。」

闍森想明白了，堅決了自己的心，走出房門，堂堂皇皇的徑上樓去，不知怎樣，腳剛踏著樓梯，又縮回來，沮喪的退回臥室，等第二次努力的穩定了那意念，排除了一切的羞怯，才放膽穿雲插霧似的跑到嬸嬸的門口。他如到了禁地，摹拜神廟，恭恭敬敬的站著不動，嬸嬸戒嚴時的況味，重溫一回，他打了個寒噤，幾乎又要退下樓了，幸而桂香望了他一眼，還算是給了他一個響應，才將他留住。

站在房門口有什麼用，桂香除了一望之外，仍然蹲在樓板上照料桂圓湯。慢慢進行吧，樓下偏有些輕微的響動，冥冥中似有人在偵察，到處隱伏著嬸嬸，二妹時時可以回家的危機，他憤極，幾乎要將性命拼了，奮然的走進去，在桂香身上跨過，腿故意在她身上磨了一下。她不自安的瞧著他。

「要什麼，閣少爺？」

這是個極難回答的問題，不能冒失，閣森只得這麼著：「我要……我要……喂，太太到什麼地方去了啊？」「新世界。」

「二小姐呢？」

「不知道。」

「那末，家裡只有我們倆啦！」

「……」桂香沒回話，苦笑了又紅著臉低下頭去。

「紅了臉，又笑了，又低了頭，哼，她明白了。明白了怎麼辦？動手……說不定這時會闖進了誰。放棄了吧！如果她真肯……我不……那就他媽的枉費了一場心血，逃跑了這千載難逢的機會，往後就不必什麼啦！可是……可是……」

閣森想來想去，瞻前顧後，痴呆著，心慌了而且發顫，發顫的結果，仍然迸出無意識的循環的語句。

「太太是到什麼地方去了啊，桂香？」

桂香兩目晶明透亮的望他，完全明白他正需要自己。陽光照在壁上的太太的照相上，反射入她的眼簾，她忸怩了，畏縮了，漸漸的要遁逃。這嚴重的形勢逼著閣森先開了腳步下了樓。他悻悻的關了房門，脫了衣服，蒙著被睡了，在被裡他恨嬸嬸，恨桂香，恨自己，恨世間的一切。他想就此屏除雜念熟睡一陣，可是越睡越醒，越醒越想，越想越不能自治了，漸漸的探出頭來，床邊的小凳上的《武則天》、《紅樓夢》、《東周列國志》等的小說，都在有興致的地方照著摺頁揭開，攤在枕邊瀏覽，總和這些有趣的材料和自己的幻想，精細的印證。他俯著身體顫動，漸漸抱著被了，抱了一陣，覺著不能得到安慰，忽又將被推開，不顧一切的叫喊：「桂香，桂香，桂香。」

「來啦，來啦，就來啦……什麼事，閣少爺？」桂香一路應著下樓，走進閣森的臥室。

「給我打洗腳水。」

「少爺不是下午要到局裡去嗎？是時候了，還洗什麼腳！」

「局裡去！那是騙太太的。今天是夜班，嘿……嘿……嘿……夜班。」

閣森高興了，吆五喝六的支使桂香，異樣的微笑浮在臉上，想借此堂皇的支使掩飾自己的醜態。他已變更策略了。他的工作務在這紛紜的支使中入手。他的目的，務在和她接近的機會極多時達到。如果仍舊失敗，就痛痛快快的使她奔波一頓辛苦一頓也值得，就這樣報復她，洩了自己一肚子的悶氣也值得。

水，打來了。擦腳布等，預備了。閣森坐在床沿，兩腳一伸，觸著桂香的膝，「給我脫襪子。」襪子在桂香顫慄驚惶中脫了。「給我洗，」他的腳在桂香羞慚時洗淨了，但這於他沒有絲毫的裨益。他將桂香的手拉開，自己擦了一陣，但是更無味了，又將她的手仍然拉回來，終於叫她洗完功。又叫她收拾房間，預備茶菸，這樣那樣，在冗雜的使喚中，他很用了些功夫，使著她的臉上漸漸表現出和他同樣的焦急，各人的心坎中爆發了同樣的火花。

「整理好了嗎？我要睡了，把房門向裡面鎖好，你再出去。」

「向裡面鎖好我再出去！那不是仍然沒有落鎖嗎？」她說著，羞答答的笑了。

「你別管，鎖好了，要開要開，我為的是怕風。」

門，真的鎖了。

「來，給我蓋被，我有些怕冷。你不怕冷嗎？」闍森筆直的躺著，真的冷得發顫。

「我不怕冷，」桂香答著，跪在床沿，給他蓋被。「外邊就這樣行了，裡邊再給我按緊一點。」

桂香俯著身子去按裡邊的被，冷不防被裡兩支異軍突起，她被包圍。奇怪，那時闍森一點都不覺著冷，被推開在一邊。

五點鐘後，陳太太由新世界盡興而歸，在樓上的臥室吸菸。闍森穿著長袍馬褂由大門外走進來，上了樓，照例的在嬸嬸的房門口站了一站，手裡還握著灰呢帽。

軍事

「你剛由局裡回來啊，闍森？」

「哼，剛由局裡回來，軍事緊急，晚上還得去。」

（原載一九二六年十二月十八日《晨報副鐫》）

國家圖書館出版品預行編目資料

皮克的情書：刻劃人們真實生活的細節，詼諧而諷刺地訴說著人生 / 彭家煌著 . -- 第一版 . -- 臺北市：崧燁文化事業有限公司 , 2023.08

面； 公分

POD 版

ISBN 978-626-357-460-1(平裝)

857.63 112009324

皮克的情書：刻劃人們真實生活的細節，詼諧而諷刺地訴說著人生

作　　者：彭家煌

發 行 人：黃振庭

出 版 者：崧燁文化事業有限公司

發 行 者：崧燁文化事業有限公司

E-mail：sonbookservice@gmail.com

粉 絲 頁：https://www.facebook.com/sonbookss/

網　　址：https://sonbook.net/

地　　址：台北市中正區重慶南路一段六十一號八樓 815 室

Rm. 815, 8F., No.61, Sec. 1, Chongqing S. Rd., Zhongzheng Dist., Taipei City 100, Taiwan

電　　話：(02)2370-3310　　**傳　　真**：(02) 2388-1990

印　　刷：京峯數位服務有限公司

律師顧問：廣華律師事務所 張珮琦律師

定　　價：250 元

發行日期：2023 年 08 月第一版

◎本書以 POD 印製

Design Assets from Freepik.com